# 歷代文選分類選註

黃登山
黃炳秀 編註

臺灣學生書局印行

# 歷代文選分類選註

黃登山
黃炳秀 編註

## 編輯例言

一、本書編輯目標，係就古聖先賢之著述中，取其足以激發民族精神，培養人性情操，並易於啟發研讀興趣，提高閱讀及寫作能力之代表作品選輯之。

二、本書所選，以歷代散文為主，按姚姬傳古文辭類纂十三類依次編列，每類並分述其源流、特性及寫作原則。

三、各篇原文之段落及標點，依其思想、結構釐定之。

四、每篇之後，均備列註釋，解說其生字、難詞之本義、借義、引申義及音讀、詞性。至其成語、典故之出處，與人名、地名、年號，亦詳加說明。

五、本書之編輯，因時間倉卒，疏漏之處，或恐難免，尚祈博雅君子惠予指正，俾便再版時修改，則無任感幸。

# 歷代文選分類選註

## 目次

# 一、論辨類

姚姬傳《古文辭類纂・序目》曰：「論辨類者，蓋原於古之諸子，各以所學，著書詔後世。孔、孟之道與文至矣！自老莊以降，道有是非，文有工拙，今悉以子家不錄，錄自賈生始：蓋退之著論，取於《六經》、《孟子》；子厚取於韓非、賈生；明允雜以蘇、張之流；子瞻兼及於《莊子》。學之至善者，神合焉；善而不至者，貌存焉。惜乎子厚之才，可以為其至，而不及至者，年為之也。」

**按**：論、說、辨、議、解、原等，皆屬論辨類。論乃發表自己主張，論貴能立，如賈誼〈過秦論〉。辨則辨正是非性質，辨貴能破，如柳宗元〈桐葉封弟辨〉。議本集議討論之作，有駁議、奏議之分，如韓愈〈改葬服議〉、〈復讎議〉，柳宗元〈駁復讎議〉。說以說明事理，如韓愈〈師說〉。解者用以解說，小戴《禮記》有〈經解篇〉，韓愈〈獲麟解〉。與解相似者曰釋，《爾雅》各篇皆以釋名。原者推論本原之意，如韓愈五原（〈原道〉、〈原性〉、〈原毀〉、〈原人〉、〈原鬼〉）。

# 師說

韓愈

古之學者必有師。師者，所以傳道❶、受業❷、解惑❸也。人非生而知之者，孰能無惑？惑而不從師，其為惑也終不解矣。生乎吾前，其聞道也，固先乎吾，吾從而師之；生乎吾後，其聞道也，亦先乎吾，吾從而師之。吾師道也，夫庸❹知其年之先後生於吾乎？是故無貴、無賤、無長、無少，道之所存，師之所存也。

嗟乎！師道❺之不傳也久矣！欲人之無惑也難矣！古之聖人其出人也遠矣，猶且從師而問焉；今之眾人其下聖人也亦遠矣，而恥學於師；是故聖益聖，愚益愚，聖人之所以為聖，愚人之所以為愚，其皆出於此乎！

愛其子，擇師而教之，於其身也則恥師焉，惑矣！彼童子之師，授之書而習其句讀❻者也，非吾所謂傳其道，解其惑者也。句讀之不知，惑之不解，或師焉，或不❼焉，小學而大遺❽，吾未見其明也。巫❾、醫、樂師❿、百工⓫之人，不恥相師；士大夫之族，曰師、曰弟子云者，則群聚而笑之。問之，則曰：「彼與彼年相若也，道相似也。」位卑則足羞，官盛則近諛⓬。嗚呼！師道之不復可知矣。巫、醫、樂師、百工之人，君子不齒⓭，今其智乃反不能及，其可怪也歟！

聖人無常師⓮，孔子師郯子⓯、萇弘⓰、師襄⓱、老聃⓲。郯子之徒，其賢不及孔子。孔子曰：「三人行，則必有我師⓳。」是故弟子不必不如師，師不必賢於弟子，聞道有先後，術業有專攻，如是而已。

李氏子蟠⓴，年十七，好古文㉑，六藝經傳㉒，皆通習之；不拘於時㉓，請學於余，余嘉其能行古道，作〈師說〉以貽㉔之。

## 【註　釋】

❶ **傳道**　道乃事物當然之理，修己治人之方。

❷ **受業**　受，通授，授與也。業，大版也。古時無紙，書於木板、竹簡者謂之業，猶今之

書本，受業，意謂師以學業授與弟子。

❸ **解惑** 指解道、業上之惑。

❹ **夫庸** 夫音ㄈㄨˊ，發語詞。庸，豈也。

❺ **師道** 意謂尊師重道、從師問學之道理。

❻ **句讀** 文中語意完足可止者曰句；語意未完足而可稍停者曰讀。讀，音ㄉㄡˋ。古書多無標點，句讀必由師授。

❼ **不** 不，同否，音ㄈㄡˇ。

❽ **小學而大遺** 意謂學習其小者而遺漏其大者。小者指習其句讀，大者指解道、業之惑。

❾ **巫** 為人降福祈福消災者。

❿ **樂師** 教人歌舞者。

⓫ **百工** 各種工匠。

⓬ **諛** 諛，音ㄩˊ，委曲奉承。

⓭ **不齒** 恥與為伍之意。齒有排比、並列之意。

⓮ **聖人無常師** 聖人無所不學，所師者眾，故無固定之師。

⓯ **郯子** 郯，音ㄊㄢˊ，春秋國名。郯子，郯國之君，知少昊氏以鳥名官之故，以告魯昭公，孔子見而學焉，事見昭公十七年。

⓰ **萇弘** 周敬王時大夫，孔子嘗從之問樂。

⑰ **師襄**　魯之樂官，孔子嘗學鼓瑟於師襄子，事見《史記・孔子世家》。

⑱ **老聃**　即老子，姓李，名耳，字伯陽，謚曰聃，楚人，仕周為守藏室之史。《孔子家語・觀周篇》：「孔子至周，問禮於聃，訪樂於萇弘。」

⑲ **三人行則必有我師焉**　《論語・述而篇》：「子曰：『三人行必有我師焉，擇其善者而從之，其不善者而改之。』」

⑳ **李氏子蟠**　李蟠，貞元十九年進士。蟠，ㄆㄢˊ。

㉑ **古文**　即韓愈所提倡之散文，以別於當時所流行之駢體文。

㉒ **六藝經傳**　六藝，即《易》、《書》、《詩》、《禮》、《樂》、《春秋》六經。傳，音ㄓㄨㄢˋ，解經之文為傳，如《左傳》、《公羊傳》、《穀梁傳》均為注解《春秋》者。

㉓ **不拘於時**　不為當時以從師為恥之習俗所拘束。

㉔ **貽**　贈送也。

# 朋黨論

歐陽修

臣聞朋黨❶之說，自古有之，惟幸人君辨其君子小人而已。大凡君子與君子，以同道為朋；小人與小人，以同利為朋；此自然之理也。

然臣謂小人無朋，惟君子有之。其故何哉？小人所好者利祿也，所貪者財貨也；當其同利之時，暫相黨引以為朋者，偽也。及其見利而爭先，或利盡而交疏，則反相賊害，雖其兄弟親戚不能相保。故臣謂小人無朋，其暫為朋者偽也。君子則不然。所守者道義，所行者忠信，所惜者名節❷；以之修身則同道而相益，以之事國則同心而共濟，終始如一。此君子之朋也。故為人君者，但當退小人之偽朋，用君子之真朋，則天下治矣。

堯之時，小人共工驩兜等四人❸為一朋，君子八元❹八愷❺十六人為一朋；舜佐堯，退四凶小人之朋，而進元愷君子之朋，堯之天下大治。及舜自為天子，而皐夔稷契❻等二十二人❼並立於朝，更相稱美，更相推讓，凡二十二人為一朋；而舜皆用之，天下亦大治。《書》曰：「紂有臣億萬，惟億萬心；周有臣三千，惟一心。」紂之時，億萬人各異心，可謂不為朋矣，然紂以亡國。周武王之臣三千人為一大朋，而周用以興。後漢獻帝時，盡取天下名士囚禁之，目為黨人；及黃巾賊起，漢室大亂，後方悔悟，盡解黨人而釋之，然已無救矣❽。唐之晚年，漸起朋黨之論；及昭宗時，盡殺朝之名士，咸投之黃河，曰：「此輩清流，可投濁流。」而唐遂亡矣❾。

夫前世之主，能使人人異心不為朋莫如紂；能禁絕善人為朋莫如漢獻帝；能誅戮清流之朋莫如唐昭宗之世；然皆亂亡其國。更相稱美推讓而不自疑，莫如舜之二十二臣；舜亦不疑而皆用之。然而後世不誚❿舜為二十二人朋黨所欺，而稱舜為聰明之聖者，以能辨君子與小人也。周武之世，舉其國之臣三千人共為一朋。自古為朋之多且大莫如周；然周用此以興者，善人雖多而不厭也。夫興亡治亂之迹，為人君者可以鑒矣。

## 【註釋】

❶ **朋黨** 泛指同類之人互相結合。後世專指政爭之團體而言。

❷ **名節** 名譽與節操也。《唐書・元結傳》：「勉樹節操」。

❸ **共工驩兜等四人** 共工、驩兜、三苗、鯀四人為四凶。《書・舜典》：「流共工於幽州，放驩兜於崇山，竄三苗於三危，殛鯀於羽山。」

❹ **八元** 《左傳・文十八年》：「高辛氏有才子八人：伯奮、仲堪、叔獻、季仲、伯虎、仲熊、叔豹、季貍，忠肅恭懿，宣茲惠和，天下之民謂之八元。」元，善也，言其善於事也。

❺ **八愷** 《左傳・文十八年》：「昔高陽氏有才子八人：蒼舒、隤敳、檮戭、大臨、尨降、庭堅、仲容、叔達，齊聖廣淵，明允篤誠，天下之民謂之八愷。」愷，和也，言其和於物也。

❻ **皐夔稷契** 此皆舜之臣；皐，即皐陶，作士，掌司法；夔，樂官；稷即后稷，名棄，農官；契，作司徒，掌教育。契，音ㄒㄧㄝˋ。

❼ **二十二人** 指四岳、九官、十二牧，共二十二人。四岳乃掌四方之事之官。十二牧乃十二州每州諸侯之長。

❽ **後漢獻帝……然已無救矣** 此謂東漢末年黨錮之禍。漢獻帝，名協，靈帝中子。按大捕

黨人乃靈帝建寧二年事，文作獻帝誤。

❾ **唐之晚年……而唐遂亡矣** 朋黨之論，此指唐穆宗長慶元和間，牛僧孺與李德裕之牛李黨爭。殺朝之名士，指昭宗死後之次年，朱全忠謀士李振，教全忠一夕屠殺朝官三十餘人，投屍於黃河事。昭宗，初名敏，更名曄，懿宗第七子，為朱全忠所弒。

❿ **誚** 音ㄑㄧㄠˋ，責備也。

# 縱囚論

歐陽修

信義行於君子，而刑戮施於小人。刑入於死者，乃罪大惡極，此又小人之尤甚者也。寧以義死，不苟幸生❶，而視死如歸，此又君子之尤難者也。

方唐太宗❷之六年，錄大辟囚❸三百餘人，縱使還家，約其自歸以就死：是以君子之難能，期小人之尤者以必能也。其囚及期，而卒自歸，無後者：是君子之所難，而小人之所易也。此豈近於人情哉？

或曰：「罪大惡極，誠小人矣。及施恩德以臨❹之，可使變而為君子；蓋恩德入人❺之深，而移人❻之速，有如是者矣。」曰：「太宗之為此，所以求此名也。然安知夫縱之去也，不意❼其必來以冀免，所以縱之乎？又安知夫被縱而去也，不意其自歸而必獲免，所以復來乎？夫意其必來而縱之，是上賊❽下之情也；意其必免而復來，是下賊上之心也。吾見上下交相賊，以成此名也，烏有所謂施恩德，與夫知信義者哉？不然，太宗施德於天下，於茲六年矣。不能使小人不為極惡大罪；而一日之恩，能使視死如歸，而存信義；此又不通之論也。」

「然則，何為而可？」曰：「縱而來歸，殺之無赦；而又縱之，而又來，則可知為恩德之致爾。然此必無之事也。若夫縱而來歸而赦之，可偶一為之爾。若屢為之，則殺人者皆不死，是可為天下之常法乎？不可為常者，其聖人之法乎？是以堯舜三王❾之治，必本於人情；不立異以為高，不逆情❿以干譽⓫。」

## 【註　釋】

❶ **不苟幸生**　不苟且僥倖偷生。苟，苟且。幸，僥倖。

❷ **唐太宗**　姓李名世民，隋末，助父李淵成帝業。繼位後，改元貞觀，海內承平，世稱「貞觀之治」。

❸ **大辟囚**　判死刑之囚犯。大辟，死刑。

❹ **臨** 本意為居高視下，引申為「加」之意。
❺ **入人** 感化人，使去惡存善。
❻ **移人** 使人之性行改變。
❼ **意** 猜想、料想。
❽ **賊** 以不正當之居心傷害對方。
❾ **三王** 指夏、商、周三代開國之君禹、湯、文、武。
❿ **逆情** 違背人情。
⓫ **干譽** 求取美好名譽。干，求取也。

# 六國論

蘇 洵

六國❶破滅，非兵不利，戰不善，弊在賂秦。賂秦而力虧，破滅之道也。或曰：「六國互喪，率賂秦耶？」曰：「不賂者以賂者喪。蓋失彊援，不能獨完；故曰弊在賂秦也。」

秦以攻取之外，小則獲邑，大則得城，較秦之所得，與戰勝而得者，其實百倍。諸侯之所亡，與戰敗而亡者，其實亦百倍。則秦之所大欲，諸侯之所大患，固不在戰矣。思厥先祖父暴霜露，斬荊棘❷以有尺寸之地；子孫視之不甚惜，舉以與人如棄草芥❸。今日割五城，明日割十城，然後得一夕安寢；起視四境，而秦兵又至矣，然則諸侯之地有限，暴秦之欲無厭❹，奉之彌繁，侵之愈急，故不戰而強弱勝負已判矣！至於顛覆，理固宜然。古人云：「以地事秦，猶抱薪救火，薪不盡，火不滅❺。」此言得之。

齊人未嘗賂秦，終繼五國遷滅，何哉？與嬴❻而不助五國也。五國既喪，齊亦不免矣。燕、趙之君始有遠略，能守其土，義不賂秦。是故燕雖小國而後亡，斯用兵之效也。至丹以荊卿為計❼，始速禍焉。趙嘗五戰於秦，二敗而三勝。後秦擊趙者再，李牧❽連卻之。洎牧以讒誅，邯鄲為郡，惜其用武而不終也。且燕、趙處秦革滅殆盡之際，可謂智力孤危，戰敗而亡，誠不得已。向使三國各愛其地；齊人勿附於秦；刺客不行；良將猶在，則勝負之數，存亡之理，當與秦相較，或未易量。

嗚呼！以賂秦之地，封天下之謀臣；以事秦之心，禮天下之奇才；并力西嚮，則吾恐秦人食之不得下咽❾也。悲夫！有如此之勢，而為秦人積威之所劫，日削月割，以趨於亡，為國者無使為積威❿之所劫哉！

夫六國與秦皆諸侯，其勢弱於秦，而猶有可以不賂而勝之之勢；苟以天下之大，而從六國滅亡之故事，是又在六國下矣！

## 【註釋】

❶ **六國** 指戰國時的燕、趙、齊、楚、韓、魏六個國家。

❷ **暴霜露、斬荊棘** 比喻開創事業的艱難。暴霜露是暴露身體在霜露中。披荊棘是「披荊斬棘」的省略，荊棘是多刺的灌木，常長在荒蕪之地。棘，音ㄐㄧˊ。

❸ **如棄草芥** 比喻微小輕賤的東西。《方言》：「芥，草也。自關而西，或曰草，或曰芥。」

❹ **無厭** 不滿足。厭同饜，滿足也。饜音ㄧㄢˋ。

❺ **薪不盡，火不滅** 《史記・魏世家》：「蘇代謂魏王曰：『且夫以地事秦，譬猶抱薪救火也。薪不盡則火不止。』」

❻ **與嬴** 親附秦國。與，黨與，親附。嬴，秦國祖先被賜姓嬴氏，後稱秦嬴氏。

❼ **至丹以荊卿為計** 燕太子丹用荊軻刺殺秦始皇的計謀。丹，燕太子丹。荊卿，荊軻，為刺客。

❽ **李牧** 趙名將。

❾ **下咽** 吞下咽喉。

❿ **積威** 久積的威勢。

# 范蠡❶

蘇　軾

越既滅吳，范蠡以為句踐❷為人，長頸鳥喙，可與共患難，不可與共逸樂，乃以其私徒屬浮海而行。至齊，以書遺❸大夫種❹曰：「蜚❺鳥盡，良弓藏；狡兔死，走狗烹。」子可以去矣。

蘇子曰：「范蠡獨知相其君而已，以吾相蠡，蠡亦鳥喙也。夫好貨，天下之賤士也。以蠡之賢，豈聚斂積實者？何至耕於海濱，父子力作，以營千金，屢散而復積，此何為者哉？豈非才有餘而道不足，故功成名遂身退❻，而心終不能自放❼者乎？使句踐有大度，能始終用蠡，蠡亦非清淨無為❽而老於越者也。故曰蠡亦鳥喙也。」

魯仲連既退秦軍❾，平原君❿欲封魯連，以千金為壽⓫。連笑曰：「所貴於天下士者，為人排難解紛而無所取也。即⓬有取，是商賈之事，連不忍為也。」遂去，終身不復見，逃隱於海上，曰：「吾與富貴而詘於人，寧貧賤而輕世肆志焉⓭。」使范蠡之去如魯連，則去聖人不遠矣！

嗚呼！春秋以來，用舍進退，未有如蠡之全者也，而不足於此，吾是以累歎而深悲焉！

## 【註釋】

❶ **范蠡**　春秋楚人，字少伯。事越王句踐二十餘年，苦身戮力，卒以滅吳，尊為上將軍。蠡以句踐難與共安樂，乃辭去；變易姓名，歷齊至陶，操計然之術以治產，因成巨富，自號陶朱公。

❷ **句踐**　春秋越王，父允常，嘗與吳王闔閭相怨伐；允常死，句踐立，敗吳師。後為吳王夫差所敗，困於會稽，行成於吳。乃用文種、范蠡為相，臥薪嘗膽，矢志復仇；十年生聚，十年教訓，卒興兵滅吳。復渡淮會齊、晉諸侯，致貢於周；元王賜胙，命為伯，而句踐已南渡淮，僭稱王矣。

❸ **遺**　音ㄨㄟˋ，贈送也。

❹ **大夫種**　即文種，春秋楚之鄒人，字會，越大夫。吳、越之戰，越敗，句踐使種行成於吳。句踐既歸國，屬政於種；及滅吳，種謀為多。功成，范蠡勸之去，不聽，卒被譖

殺。

❺ **蜚** 音ㄈㄟ，同飛。

❻ **功成名遂身退** 《老子・第九章》：「功遂身退，天之道。」功遂，謂功業成就。身退，王真曰：「身退者，非謂必使其避位而去也，但欲其功成而不有之耳。」

❼ **自放** 放，意指放棄名利。

❽ **清靜無為** 《老子・第三十七章》：「不欲以靜，天下將自足。」意謂人苟不為貪欲所激擾，方得清靜；清靜之人，乃無貪欲；人人無貪欲，社會始可安定。無為，即不妄為；不妄為，即一切依照自然法則而為；能依自然法則而為，則無事不成功；此即《老子》所謂「無為而無不為」。

❾ **魯仲連既退秦軍** 魯仲連，戰國齊人。好奇偉俶儻之畫策，而高蹈不仕。遊於趙、會秦圍趙急，魏使新垣衍入趙，請尊秦為帝，以求罷兵，仲連義不許，見衍，曉以大義，秦將聞之，為卻軍五十里；適魏無忌來救，秦引兵去，圍遂解。平原君欲以千金為仲連壽，仲連笑曰：「所貴乎天下之士者，為人排患釋難，解紛亂而無所取也；即有取者，商賈之事也。」遂辭平原君而去。

❿ **平原君** 戰國趙武靈王子，惠文王弟，名勝，封於平原，故號平原君，相惠文王及孝成王。

⓫ **壽** 以金帛贈人曰壽。《史記・聶政傳》：「嚴仲子奉黃金百鎰，前為聶政母壽。」

⑫ **即**　猶若也，訓見《經傳釋詞》，假設連詞。

⑬ **吾與富貴而詘於人寧貧賤而輕世肆志焉**　意謂吾與其得富貴而屈服於人，寧守貧賤，淡泊世上名利，順吾性而為焉。詘，音ㄑㄩ，屈服也。與……寧，一作與其……寧，比較連詞。

# 深慮論

方孝孺

　　慮天下者，常圖其所難，而忽其所易；備其所可畏，而遺其所不疑。然而禍常發於所忽之中，而亂常起於不足疑之事。豈其慮之未周歟？蓋慮之所能及者，人事之宜然；而出於智力之所不及者，天道也。

　　當秦之世，而滅六諸侯❶，一天下；而其心以為周之亡，在乎諸侯之強耳；變封建而為郡縣❷，方以為兵革可不復用，天子之位可以世守；而不知漢帝起隴畝❸之匹夫，而卒亡秦之社稷。漢懲秦之孤立，於是大建庶孽❹而為諸侯，以為同姓之親可以相繼而無變；而七國萌簒弒之謀❺。武、宣以後，稍剖析之而分其勢，以為無事矣；而王莽卒移漢祚❻。光武之懲哀平❼，魏之懲漢❽，晉之懲魏❾，各懲其所由亡而為之備，而其亡也皆出其所備之外。唐太宗聞武氏之殺其子孫，求人於疑似之際而除之❿；而武氏⓫日侍其左右而不悟。宋太祖見五代方鎮⑫之足以制其君，盡釋其兵權⑬，使力弱而易制；而不知子孫卒困於夷狄⑭。此其人皆有出人之智，負蓋世之才，其於治亂存亡之幾⑮，思之詳而備之審⑯矣。慮切於此，而禍興於彼，終至於亂亡者何哉？蓋智可以謀人，而不可以謀天。良醫之子多死於病；良巫之子多死於鬼；豈工⑰於活人而拙於活己之子哉？乃工於謀人而拙於謀天也。

古之聖人，知天下後世之變，非智慮之所能周，非法術之所能制；不敢肆其私謀詭計⑱，而唯積至誠、用大德，以結乎天心；使天眷其德，若慈母之保赤子而不忍釋。故其子孫雖有至愚不肖者足以亡國，而天卒不忍遽亡之，此慮之遠者也。夫苟不能自結於天，而欲以區區⑲之智籠絡⑳當世之務，而必後世之無危亡，此理之所必無者也，而豈天道哉！

## 【註　釋】

❶ **六諸侯**　戰國時期齊、楚、韓、魏、燕、趙六國諸侯。

❷ **變封建而為郡縣**　封建制度相傳始於黃帝，至周定五等爵位分封天下，子孫世襲，久之

勢力強大，威脅天子。秦始皇統一中國後，廢封建，置郡縣，分全國為三十六郡，直隸中央政府，郡下置縣。

❸ **隴畝**　田野也，此指民間。

❹ **庶孽**　庶子也。天子及諸侯之子，除由嫡子繼承外，其餘眾子皆為庶子。

❺ **七國萌篡弒之謀**　漢景帝時，鼂錯建議削減諸侯封地，七國遂以誅錯為名，起兵謀反，後為周亞夫所平定。七國指吳王濞（ㄆㄧˋ）、楚王戊、趙王遂、膠西王卬（ㄤˊ）、濟南王辟光、菑川王賢、膠東王雄渠。

❻ **王莽卒移漢祚**　王莽弒漢平帝，立孺子嬰，尋篡位自立為皇帝，改國號為新，世稱新莽。祚，帝位也。移祚即篡位。

❼ **光武之懲哀平**　光武帝以哀帝、平帝時，外戚王莽之禍為鑑戒，權歸中央，遂有宦官之禍。

❽ **魏之懲漢**　魏文帝曹丕以漢多外戚之禍為鑑戒，下詔群臣不得事太后，后族之家不得當輔政之任。

❾ **晉之懲魏**　晉武帝司馬炎以魏之孤立為鑑戒，大封宗室於要地，而引起八王之亂。

❿ **求人於疑似之際而除之**　唐太宗貞觀十二年，民間傳說「唐三世之後，女主武王代有天下」。於是太宗擬殺盡擬似者，後為太史令李淳風勸止，事見《資治通鑑・唐紀卷十五》。

⓫ **武氏** 武則天，名曌。初為唐太宗才人，太宗崩，出為尼。高宗立，復入宮，尋立為皇后。高宗崩，中宗立，后臨朝稱制。尋廢中宗，立睿宗。後廢睿宗，自立為帝，改國號為周，大殺唐宗室。晚年被迫歸政於中宗，尊號為則天大聖皇帝，世稱武則天。

⓬ **五代方鎮** 五代指後梁、後唐、後晉、後漢、後周。方鎮，古代掌握兵權管理一方之高級軍事長官。

⓭ **盡釋其兵權** 宋太祖趙匡胤，以高官厚祿婉勸禁軍將領及地方節度使交出兵權，加強中央集權統治，解除藩鎮割據之禍。

⓮ **子孫卒困於夷狄** 北宋為遼、夏所侵陵，徽、欽二帝為金所俘。南宋對金稱臣，卒為蒙古所滅。夷、狄泛指四方外族。

⓯ **幾** 徵兆、預兆。音ㄐㄧ。

⓰ **審** 周密、詳盡。

⓱ **工** 善其事也。

⓲ **詭計** 欺詐之計謀。

⓳ **區區** 小貌、少貌。

⓴ **籠絡** 用手段駕御控制他人。

# 廉恥

顧炎武

《五代史❶・馮道傳❷》論曰：「『禮、義、廉、恥，國之四維❸；四維不張，國乃滅亡。』善乎管生❹之能言❺也。禮、義，治人之大法；廉、恥，立人之大節。蓋不廉則無所不取；不恥則無所不為。人而❻如此，則禍敗亂亡，亦無所不至。況為大臣而無所不取，無所不為，則天下其有不亂，國家其有不亡者乎？」

然而四者之中，恥尤為要，故夫子❼之論士曰：「行己有恥。」孟子曰：「人不可以無恥。無恥之恥，無恥矣❽。」又曰：「恥之於人大矣！為機變之巧者，無所用恥焉❾。」所以然者，人之不廉而至於悖❿禮犯義，其原皆生於無恥也。故士大夫之無恥，是謂國恥。

吾觀三代⓫以下，世衰道微，棄禮義，捐⓬廉恥，非一朝一夕⓭之故。

然而松柏後凋於歲寒⓮，雞鳴不已於風雨⓯，彼眾昏之日，固未嘗無獨醒之人也。

頃讀《顏氏家訓》⓰，有云：「齊朝⓱一士夫，嘗謂吾曰：『我有一兒，年已十七，頗曉書疏⓲。教其鮮卑語⓳及彈琵琶，稍欲通解，以此伏事⓴公卿，無不寵愛。』吾時俯而不答。異哉！此人之教子也！若由此業自㉑致卿相，亦不願汝曹㉒為之！」嗟呼！之推不得已而仕於亂世，猶為此言；尚有〈小宛〉詩人之意㉓；彼閹然媚於世者㉔能無愧哉？

## 【註　釋】

❶ **五代史**　《五代史》有兩部：一為宋太祖時薛居正等奉敕撰，共一百五十卷，又稱《舊五代史》；另一部乃宋仁宗時，歐陽修所撰，共七十四卷，又稱《新五代史》，或稱《五代史記》。兩部書都是記載後梁、後唐、後晉、後漢、後周和同時十國之史事。本文所引為《新五代史》。

❷ **馮道傳**　馮道，字可道，五代景城人。歷事後唐、後晉、後漢、後周四代十君，長居宰相等要職，自號長樂老。兩部《五代史》皆有傳，後人鄙視其節操。論，修史者評論之

辭。

❸**四維**　本是繫車篷之四條綱繩，此處引伸為綱紀。

❹**管生**　管仲，名夷吾。春秋齊潁上人，輔佐齊桓公，尊王攘夷，稱霸天下。生，先生之省稱。

❺**能言**　善於立論說理。

❻**而**　若也。

❼**夫子**　指孔子。

❽**人不可以無恥三句**　意謂人不可以無羞恥之心，如果能將無恥視為可恥之事，則必能終身遠離恥辱矣。語見《孟子·盡心上》。

❾**為機變之巧者二句**　意謂對於只會賣弄心機變詐取巧的人。羞恥心對他是用不上的。語見《孟子·盡心上》。

❿**悖**　違背。

⓫**三代**　夏、商、周。

⓬**捐**　棄也。

⓭**一朝一夕**　形容時間短促。

⓮**松柏後凋於歲寒**　在歲末冬寒時，才能看到松柏不凋謝的勁操。比喻在世衰道微時，才看得君子守正不苟的節操。

⑮ **雞鳴不已於風雨**　雖然狂風暴雨，但是報曉的雞聲仍不停止。比喻君子處亂世仍不改其操守。語見《詩經·鄭風·風雨》。

⑯ **顏氏家訓**　南北朝顏之推撰，全書二十篇。內容敘述立身治家之方，辨正時風世俗之謬，以教訓子弟。以下所引為〈教子篇〉文。

⑰ **齊朝**　南北朝之北齊。

⑱ **書疏**　書牘奏章。

⑲ **鮮卑語**　鮮卑，五胡之一，位於我國東北邊城。北朝之北齊、北周為鮮卑族所建。當時部分無恥漢人多學胡語，以為獵取功名富貴之手段。

⑳ **伏事**　服事、事奉也。伏與服通。

㉑ **自**　雖然。

㉒ **汝曹**　你們。

㉓ **小宛詩人之意**　〈小宛〉，《詩經·小雅》篇名。據〈毛詩序〉：〈小宛〉乃士大夫遭時之亂，而兄弟相戒以免禍，又當教其子使為善。

㉔ **閹然媚於世者**　遮遮掩掩用不光明行為，博取世人歡心之人。閹然，遮遮掩掩貌。語見《孟子·盡心下》。

# 原才❶

曾國藩

風俗之厚薄奚自❷乎？自乎一二人之心之所嚮而已。民之生，庸弱者戢戢❸皆是也；有一二賢且智者，則眾人君之❹而受命焉；尤智者，所君尤眾焉。此一二人者之心向義，則眾人與之赴義；一二人者之心向利，則眾人與之赴利。眾之所趨，勢之所歸，雖有大力，莫之敢逆❺。故曰：「撓萬物者，莫疾乎風❻。」風俗之於人心，始乎微而終乎不可禦者也。

先王❼之治天下，使賢者皆當路在勢❽；其風民❾也皆以義，故道一而俗同。世教❿既衰，所謂一二人者不盡在位，彼其心之所嚮，勢不能不騰為口說而播為聲氣⓫；而眾人者勢不能不聽命而蒸為習尚⓬；於是乎徒黨蔚起⓭，而一時之人才出焉。有以仁義倡者，其徒黨亦死仁義而不顧；有以功利倡者，其徒黨亦死功利而不返。「水流濕，火就燥」⓮，無感不讎⓯，所從來久矣。

今之君子之在勢者，輒曰天下無才。彼自尸於高明之地，不克以己之所嚮轉移習俗，而陶鑄⑯一世之人，而翻謝⑰曰無才；謂之不誣可乎？否也。十室之邑⑱，有好義之士，其智足以移十人者，必能拔十人之尤者而材之；其智足以移百人者，必能拔百人中之尤者而材之。然則轉移習俗陶鑄一世之人，非特處高明之地者然也，凡一命⑲以上皆與有責焉者也。

有國家者得吾說而存之，則將慎擇與共天位⑳之人；士大夫得吾說而存之，則將惴惴㉑乎謹其心之所嚮，恐一不當以壞風俗而賊㉒人才。循是為之，數十年之後，萬有一收其效者乎！非所逆睹㉓已。

## 【註釋】

❶ **原才**　原者推論事物本原之義，姚鼐《古文辭類纂》歸於「論辨類」。原才，蓋推論人才產生之本原。

❷ **奚自**　由何而來。奚，何也。

❸ **戢戢**　眾多貌，音ㄐㄧˊ ㄐㄧˊ。

❹**君之** 以他為領袖。君，當動詞用。

❺**逆** 違抗也。

❻**撓萬物者莫疾乎風** 搖動萬物之事物，沒有比風更快。語出《周易・說卦傳》。撓，搖動，音ㄋㄠˊ。疾，急速。

❼**先王** 古代之聖王。指堯、舜、禹、湯、文、武等。

❽**當路在勢** 居要位，擁權勢。

❾**風民** 教育感化人民如春風化雨。風，動詞，音ㄈㄥˋ。

❿**世教** 社會之教化。

⓫**騰為口說而播為聲氣** 發表為言論，傳播為聲勢風氣。

⓬**蒸為習尚** 興起而成為習俗好尚。

⓭**蔚起** 本義為草木繁盛貌，引伸為人才日漸眾多。

⓮**水流濕，火就燥** 水向低溼地方流，火向乾燥地方燒。語出《周易・乾卦・文言》。

⓯**無感不讎** 受到刺激沒有不反應者。讎，響應，音ㄔㄡˊ。

⓰**陶鑄** 培養造就。

⓱**翻謝** 反而告訴。翻同反。謝，告訴也。

⓲**十室之邑** 邑之下者。見《論語・公冶長篇》。邑，古地方區域名，大曰都，小曰邑。音ㄧˋ。

⑲ **一命**　官階之最低者。周制：任官自一命至九命，九命最高。

⑳ **天位**　古人以為天子受命於天，故稱天子之位為天位。

㉑ **惴惴**　戒慎恐懼貌。

㉒ **賊**　殘害。此當動詞用。

㉓ **逆睹**　預先看見。逆，預先也。

# 二、序跋類

姚姬傳《古文辭類纂·序目》曰：「序跋類者，昔前聖作易，孔子為作〈繫辭〉、〈說卦〉、〈文言〉、〈序卦〉、〈雜卦〉之傳，以推論其本原，廣大其義。《詩》、《書》皆有序，而《儀禮》篇後有記：皆儒者所為。其餘諸子，或自序其意，或弟子作之；《莊子·天下篇》、《荀子》末篇皆是也。余撰次古文辭，不載史傳，以不可勝錄也；惟載太史公、歐陽永叔表志序論數首，序之最工者也。向、歆奏校書各有序，世不盡傳，傳者或偽，今存子政〈戰國策序〉一篇著其概。其後目錄之序，子固獨優已。」

**按**：序者，為說明他人已成之書，或自己已成之書之篇目次第、編次條例而作，故以序名。跋之本義為足後，古書自序皆在書末，其後自序移書前，於是有所謂跋，有所謂後序，可謂序之變體。後世曰引、曰題、曰讀皆是也；引者，就全書引其端緒，猶今人所謂引言、導言、緒論之類；題者，書於卷端，如趙岐〈孟子題解〉；讀者，讀畢此書此文，記其感想、考據或批評，如韓愈〈讀儀禮〉，柳宗元〈論語辨〉、亦屬讀之類。亦有稱書後，如王安石〈書李文公集後〉。其稱後序者，則與跋相同，如韓愈〈張中丞傳後敘〉。

# 秦楚之際月表❶序

司馬遷

太史公讀秦楚之際，曰：「初作難，發於陳涉；虐戾滅秦，自項氏；撥亂誅暴，平定海內，卒踐帝祚❷，成於漢家。五年之間，號令三嬗❸。自生民以來，未始有受命若斯之亟❹也！

昔虞夏之興，積善累功數十年，德洽百姓，攝行政事❺，考之於天❻，然後在位。湯武之王，乃由契后稷❼修仁行義十餘世，不期而會孟津❽八百諸侯，猶以為未可；其後乃放弒❾。秦起襄公，章❿於文繆⓫，獻孝之後，稍以蠶食六國；百有餘載，至始皇乃能并冠帶之倫⓬。以德若彼，用力如此，蓋一統若斯之難也。

秦既稱帝，患兵革不休，以有諸侯也，於是無尺土之封，墮壞⓭名城，銷鋒鏑⓮，鉏豪傑，維萬世之安。然王跡之興，起於閭巷⓯；合從討伐，軼於三代，鄉⑯秦之禁，適足以資⑰賢者，為驅除難耳。故憤發其所為天下雄，安在無土不王⑱？此乃傳之所謂大聖乎？豈非天哉？豈非天哉？非大聖孰能當此受命而帝者乎？」

## 【註釋】

❶**秦楚之際月表** 張晏云：「時天下未定，參錯變易，不可以年紀，故列其月。今按秦楚之際，擾攘僭篡，運數又促，故以月紀事而名表也。」

❷**卒踐帝祚** 祚，同阼。《禮·曲禮》：「踐祚臨祭祀。」疏：「踐，履也；阼，主人階也。天子祭祀升阼階，履主階行事，故云踐阼也。」按古時殿前兩階無中間道，故以阼階為天子之位，因謂新君嗣位曰踐阼。

❸**號令三嬗** 嬗，古禪字，音ㄕㄢˋ，相互更替也。三嬗，謂陳涉、項羽、漢高祖也。

❹**亟** 音ㄐㄧˊ，急也。

❺**攝行政事** 代君聽政也。攝，代也。

❻**考之於天** 即孟子所謂天與人歸也。《孟子·萬章》：「使之主祭而百神享之，是天受之；使之主事而事治，百姓安之，是民受之也。天與之，人與之，故曰：『天子不能以天下與人。』」

❼ **契后稷** 契、音ㄒㄧㄝˋ，古人名，高辛氏之子，舜時官司徒，佐禹治水有功，封於商，為商之祖。后稷，古人名，堯使居稷官，封之於邰，號為后稷，為周之始祖。

❽ **孟津** 津名，位於河南省孟縣南，亦曰盟津，周武王伐紂，與諸侯會盟於此，故名。

❾ **放弒** 謂湯放桀，武王討紂也。

❿ **章** 顯大也。

⓫ **繆** 繆，通穆，即秦穆公。

⓬ **冠帶之倫** 頂冠束帶，皆服物也。冠帶之倫，喻習於禮教之人民，別於夷狄而言。《文選》司馬相如〈難蜀父老〉：「封疆之內，冠帶之倫。」

⓭ **墮壞** 墮，俗作隳，音ㄏㄨㄟ，毀壞也。

⓮ **銷鋒鏑** 銷，鎔化金屬也。兵刃為鋒，箭鏃為鏑。鏑，音ㄉㄧˊ。

⓯ **閭巷** 謂里巷也。

⓰ **鄉** 同向、嚮。

⓱ **資** 助也，供也。

⓲ **無土不王** 《白虎通》曰：「聖人無土不王。此謂高祖發憤閭巷而成帝業，安在其為無土不王也？」

# 張中丞傳後序

韓　愈

元和二年四月十三日夜，愈與吳郡❶張籍閱家中舊書，得李翰所為〈張巡傳〉❷。翰以文章自名，為此傳頗詳密；然尚恨有闕者，不為許遠立傳，又不載雷萬春❸事首尾。

遠雖材若不及巡者，開門納巡，位本在巡上，授之柄而處其下，無所疑忌，竟與巡俱守死，成功名，城陷而虜，與巡死先後異耳。兩家子弟❹材智下，不能通知二父志，以為巡死而遠就虜，疑畏死而辭服❺於賊。遠誠畏死，何苦守尺寸之地，食其所愛之肉❻，以與賊抗而不降乎？當其圍守時，外無蚍蜉蟻子❼之援，所欲忠者國與主耳，而賊語以國亡主滅。遠見救援不至，而賊來益眾，必以其言為信，外無待而猶死守，人相食且盡，雖愚人亦能數日而知死處矣；遠之不畏死亦明矣。烏有城壞，其徒俱死，獨蒙愧恥求活？雖至愚者不忍為，嗚呼！而謂遠之賢而為之邪？說者又謂遠與巡分城而守，城之陷自遠所分始，以此詬遠，此又與兒童之見無異。人之將死，其臟腑❽必有先受其病者；引繩而絕之，其絕必有處。觀者見其然，從而尤之，其亦不達於理矣。小人之好議論，不樂成人之美❾如是哉！如巡遠之所成就，如此卓卓❿，猶不得免，其他則又何說！當二公之初守也，寧能知人之卒不救，棄城而逆遁⓫？苟此不能守，雖避之他處何益？及其無救而且窮⓬也，將其創殘餓羸之餘⓭，雖欲去，必不達。二公之賢，其講之精矣。守一城，捍天下，以千百就盡之卒，戰百萬日滋⓮之師，蔽遮江、淮，沮遏⓯其勢，天下之不亡，其誰之功也？當是時，棄城而圖存者不可一二數；擅強兵坐而觀者相環也。不追議此，而責二公以死守，亦見其自比⓰於逆亂，設淫辭而助之攻也。

愈嘗從事於汴、徐二府，屢道於兩州間，親祭於其所謂雙廟⓱者。其老人往往說巡、遠時事云：「南霽雲之乞救於賀蘭也，賀蘭嫉巡、遠之聲威功績出己上，不肯出師救。愛霽雲之勇且壯，不聽其語，強留之，具食與樂，延霽雲坐。霽雲慷慨語曰：『雲來時，睢陽之人不食月餘日矣。雲雖欲獨食，義不忍；雖食，且不下咽。』因拔所佩刀，斷一指，血淋漓，以示賀蘭。一座大驚，皆感激，為雲泣下。雲知賀蘭終無為雲出師意，即馳去。將出城，抽矢射佛寺浮屠⓲，矢著其上甎半箭曰：『吾歸破賊，必滅賀蘭，此矢所以志⓳也。』愈貞元中過泗州⓴，船上人猶指以相語。城陷，賊以刃脅降巡。巡不屈，即牽去，將斬之。又降霽雲，雲未應，巡呼雲曰：『南八㉑男兒死耳，不可為不義屈。』雲笑曰：『欲將以有為也；公有言，雲敢不死？』即不屈。」

張籍曰：「有于嵩者，少依於巡。及巡起事，嵩常在圍中。籍大曆中於和州烏江縣見嵩，嵩時年六十餘矣。以巡初嘗得臨渙縣尉㉒，好學無所不讀。籍時尚小，粗問巡、遠事不能細也。云：『巡長七尺餘，鬚髯若神。嘗見嵩讀《漢書》㉓，謂嵩曰：「何為久讀此？」嵩曰：「未熟也。」巡曰：「吾於書讀不過三遍，終身不忘也。」因誦嵩所讀書，盡卷不錯一字。嵩驚，以為巡偶熟此卷，因亂抽他帙以試，無不盡然。嵩又取架上諸書試以問巡，巡應口誦無疑。嵩從巡久，亦不見巡常讀書也。為文章，操紙筆立書，未嘗起草。初守睢陽時，士卒僅㉔萬人，城中居人戶亦且數萬，巡因一見問姓名，其後無不識者。巡怒鬚髯輒張。及城陷，賊縛巡等數十人坐；且將戮。巡起旋㉕，其眾見巡起，或起或泣。巡曰：「汝勿怖，死，命也！」眾泣不能仰視。巡就戮時，顏色不亂，陽陽㉖如平常。遠寬厚長者，貌如其心。與巡同年生，月日後於巡，呼巡為兄，死時年四十九。』」

「嵩貞元初死於亳、宋㉗間，或傳嵩有田在亳、宋間，武人奪而有之，嵩將詣州訟理，為所殺。嵩無子。」張籍云。

## 【註釋】

❶ **吳郡張籍**　吳郡，今江蘇省吳縣。張籍，字文昌，和州烏江人，此處稱吳郡，或指其郡

望。張籍以樂府詩聞名，為社會寫實派詩人。

❷ **李翰所為張巡傳** 李翰，唐趙州贊皇人，開元進士。張巡守睢陽，翰亦在城中。巡殉職後，傳說以為巡降賊，翰激於義憤，乃撰〈張巡傳〉，為其辯白。

❸ **雷萬春** 張巡部將，勇敢善戰，睢陽城陷，為賊所殺。李耆卿《文章精義》、茅坤《韓文鈔》、閻若璩《潛邱雜記》卷五，皆根據本文後半篇補記南霽雲事，乃疑「雷萬春」當是南霽雲之誤。

❹ **兩家子弟** 指張巡之子去疾與許遠之子許峴。

❺ **辭服** 卑辭降服於賊。

❻ **食其所愛之肉** 睢陽被圍，糧食斷絕，張巡殺其愛妾，許遠殺其奴僕，以供士兵食用。

❼ **蚍蜉蟻子** 蚍蜉，音ㄆㄧˊ ㄈㄨˊ，大螞蟻；蟻子，小螞蟻。比喻力量之小。

❽ **臟腑** 指五臟（心、肝、脾、肺、腎）與六腑（胃、膽、三焦、膀胱、大腸、小腸）。

❾ **成人之美** 《論語・顏淵篇》：「子曰：『君子成人之美。』」意謂君子成全他人之美名美事。

❿ **卓卓** 特立貌。《世說・容止》：「嵇延祖卓卓如野鶴之在雞群。」

⓫ **逆遁** 逆，度也。謂先事預度之也，見《玉篇》。逆遁，預先逃遁也。

⓬ **且窮** 且，將也。窮，困阨也。

⓭ **創殘餓羸之餘** 創，音ㄔㄨㄤ，傷也。羸，音ㄌㄟˊ。瘦弱也。餘，指剩餘少數士兵。

⓮ **日滋** 日日增多。

⓯ **沮遏** 沮，音ㄐㄩˇ，止也；遏，音ㄜˋ，止也。沮遏，阻止、阻絕之義。

⓰ **比** 音ㄅㄧˋ，朋比、阿附也。

⓱ **雙廟** 張巡、許遠殉職後，各追贈為揚州大都督、荊州大都督，立廟睢陽，號稱雙廟，又稱雙忠廟。

⓲ **浮屠** 寶塔。乃梵語音譯，或譯為浮圖、佛圖。

⓳ **志** 通誌，記也。

⓴ **泗州** 唐代泗州州治設於臨淮。

㉑ **南八** 即南霽雲，因排行第八，故稱南八。唐人習慣以排行稱人，如白二十二郎。

㉒ **臨渙縣尉** 臨渙縣，位今安徽省宿縣西南。尉，官名，掌捕盜賊。

㉓ **漢書** 我國著名史書之一，東漢班固撰。記載起於漢高祖，終於王莽之誅，共二百二十九年間事，分為十二紀、八表、十志、七十列傳，共計百篇。

㉔ **僅** 幾、近之意。

㉕ **旋** 盤旋也。

㉖ **陽陽** 神色自然，毫不在意貌。

㉗ **亳宋** 亳，音ㄅㄛˊ，今安徽亳縣；宋，即睢陽，今河南商邱縣。

# 愚溪詩序

柳宗元

灌水之陽❶有溪焉，東流入於瀟水❷。或曰：「冉氏嘗居也，故姓是溪為冉溪。」或曰：「可以染也，名之以其能，故謂之染溪。」余以愚觸罪❸，謫瀟水上。愛是溪，入二三里，得其尤絕者家焉。古有愚公谷❹，今余家是溪，而名莫能定，土之居者猶齗齗❺然，不可以不更也，故更之為愚溪。

愚溪之上，買小丘為愚丘。自愚丘東北行六十步，得泉焉，又買居之為愚泉。愚泉凡六穴，皆出山下平地，蓋上出也。合流屈曲而南為愚溝。遂負土累石，塞其隘為愚池。愚池之東為愚堂。其南為愚亭。池之中為愚島。嘉木異石錯置，皆山水之奇者，以余故咸以愚辱焉。

夫水，智者樂也❻；今是溪獨見辱於愚，何哉？蓋其流甚下，不可以灌溉；又峻急，多坻石❼，大舟不可入也；幽邃淺狹，蛟龍不屑，不能興雲雨，無以利世，而適類於余，然則雖辱而愚之可也。寧武子❽邦無道則愚，智而為愚者也。顏子❾終日不違如愚，睿❿而為愚者也。皆不得為真愚。今余遭有道⓫而違於理，悖於事，故凡為愚者莫我若也。夫然，則天下莫能爭是溪，余得專而名焉。

溪雖莫利於世，而善鑒萬類；清瑩秀澈，鏘鳴金石；能使愚者喜笑眷慕，樂而不能去也。余雖不合於俗，亦頗以文墨自慰，漱滌萬物，牢籠⓬百態，而無所避之。以愚辭歌愚溪，則茫然而不違，昏然而同歸，超鴻蒙⓭，混希夷⓮，寂寥⓯而莫我知也。於是作〈八愚詩〉紀於溪石上。

## 【註釋】

❶ **灌水之陽** 灌水，瀟水支流，位於湖南零陵縣。陽，古稱水北山南為陽。《穀梁傳·僖二十八年》：「水北為陽，山南為陽。」

❷ **瀟水** 源出湖南寧遠縣南九疑山（亦作九嶷），北流經道縣，至零陵縣西北，入湘水，故自古並稱瀟湘。

❸ **余以愚觸罪** 憲宗朝，宗元坐王叔文黨，貶永州司馬。此處不便直說，唯有直承愚陋。

❹ **愚公谷** 位於今山東臨淄縣西。劉向《說苑·政理篇》：「齊桓公出獵，入山谷中，見一老人問曰：『是為何谷？』對曰：『為愚公之谷。』桓公問其故，曰：『以臣名之。』」

❺ **齗齗** 齗，音ㄧㄣˊ，爭辯貌。《史記·魯世家》：「余聞孔子稱曰：『甚矣魯道之衰也，洙、泗之間齗齗如也。』」

❻ **智者樂也** 樂，音ㄧㄠˋ，愛好也。《論語·雍也》：「子曰：『知者樂水，仁者樂山。』」

❼ **坻石** 坻，音ㄔˊ，水中高地，見《爾雅·釋水》。

❽ **寧武子** 姓寧，名俞，武其諡號，春秋時衛國大夫。《論語·公冶長》：「子曰：『寧武子邦有道則知，邦無道則愚。其知可及也，其愚不可及也。』」

❾ **顏子** 姓顏，名回，字子淵，（《論語》中多省稱為顏淵）孔子弟子，春秋魯人。《論語·為政》：「子曰：『吾與回言終日，不違如愚；退而省其私，亦足以發，回也不愚！』」

❿ **睿** 音ㄖㄨㄟˋ，深明通達也。張衡〈東京賦〉：「睿哲玄覽。」

⓫ **有道** 有道德者，《論語·學而》：「就有道而正焉。」今書函中常用此為對人之敬稱。

⓬ **牢籠** 包括一切也。《淮南子・本經》：「牢籠天地，彈壓山川。」

⓭ **鴻蒙** 同澒濛、鴻蒙，自然元氣也。《莊子・在宥》：「雲將東遊，過扶搖之枝，而適遭鴻蒙。」

⓮ **希夷** 《老子》：「視之不見名曰夷，聽之不聞名曰希。」

⓯ **寂寥** 寂靜空洞之義。《老子》：「寂兮寥兮。」王注：「寂者，無聲音；寥者，空無形。」

# 戰國策目錄序

曾鞏

劉向❶所定《戰國策》❷三十三篇，《崇文總目》❸稱十一篇者闕。臣訪之士大夫家，始盡得其書，正其誤謬，而疑其不可考者，然後《戰國策》三十三篇復完。

敘曰：向敘此書，言周之先，明教化，修法度，所以大治；及其後，謀詐用，而仁義之路塞，所以大亂；其說既美矣，卒以謂此書戰國之謀士，度時君之所能行，不得不然。則可謂：惑於流俗而不篤於自信者也。

夫孔孟之時，去周之初已數百歲，其舊法已亡，舊俗已熄久矣；二子乃獨明先王之道❹，以謂不可改者；豈將強天下之主以後世之不可為哉？亦將因其所遇之時，所遭之變，而為當世之法，使不失乎先王之意而已。二帝、三王❺之治，其變固殊，其法固異，而其為國家天下之意，本末先後，未嘗不同也。二子之道，如是而已。蓋法者所以適變也，不必盡同；道者所以立本也，不可不一；此理之不易者也。故二子者守此，豈好為異論哉？能勿苟而已矣。可謂：不惑於流俗而篤於自信者也。

戰國之游士❻則不然。不知道之可信，而樂於說之易合，其設心注意，偷❼為一切之計而已。故論詐之便而諱其敗，言戰之善而蔽其患。其相率而為之者，莫不有利焉，而不勝其害也；有得焉，而不勝其失也。卒至蘇秦❽、商鞅❾、孫臏❿、吳起⓫、李斯⓬之徒，以亡其身，而諸侯及秦用之者亦滅其國。其為世之大禍明矣，而俗猶莫之寤⓭也。

惟先王之道，因時適變，為法不同，而考之無疵，用之無弊。故古之聖賢，未有以此而易彼也。

或曰：「邪說之害正也，宜放而絕之，此書之不泯⓮其可乎？」對曰：「君子之禁邪說也，固將明其說於天下，使當世之人皆知其說之不可從，然後以禁則齊；使後世之人皆知其說之不可為，然後以戒則明；豈必滅其籍哉？放而絕之，莫善於是。是以孟子之書，有為神農之言⑮者，有為墨子之言⑯者，皆著而非之。至此書之作，則上繼春秋，下至楚、漢之起，二百四五十年之間，載其行事，固不可得而廢也。」

此書有高誘⑰注者二十一篇，或曰三十二篇，《崇文總目》存者八篇，今存者十篇。

## 【註釋】

❶ **劉向** 字子政，漢高祖異母弟楚元王四世孫。博學能文，宣帝召於未央宮講經。曾校書天祿閣，著有《說苑》、《新序》等書。

❷ **戰國策** 西漢劉向所編，記載春秋以後，至西漢之起，共十二國二百四十五年間事，所載多屬戰國策士遊說之事，不是一時一地一人之作品。

❸ **崇文總目** 為北宋官府昭文、史館、集賢、秘閣四館藏書的總目錄，分類編目，共六十六卷，仁宗時王堯臣等奉敕撰。

❹ **先王之道** 指堯、舜、禹、湯、文、武等先王仁義之道。

❺ **二帝三王** 二帝謂唐堯、虞舜。三王指夏禹、商湯、周文王、武王。

❻ **游士** 以謀略游說各國諸侯之策士。

⑦ **偷** 苟且。

⑧ **蘇秦** 字季平，洛陽人，師事鬼谷子，習縱橫家言。嘗遊說六國合縱抗秦，配六國相印。

⑨ **商鞅** 衛之庶公子，姓公孫，好刑名法術之學。相秦孝公，變法富強，封於商，號稱商君。

⑩ **孫臏** 齊人，與龐涓學兵法於鬼谷子。涓為魏將，嫉其才，借法臏其足，黥其面。後齊魏會戰，臏計困涓於馬陵道，涓智窮自剄。

⑪ **吳起** 衛人，善用兵。初為魯將，後為魏擊秦，拜西河太守。繼而遭譖奔楚，楚悼王以為相。

⑫ **李斯** 與韓非師事荀卿。秦始皇一統天下，以斯為相。二世立，趙高用事，誣其子通盜謀亂，腰斬咸陽。

⑬ **寤** 同悟，覺悟也。

⑭ **泯** 滅也。銷燬。

⑮ **神農之言** 指《孟子・滕文公篇》所記農家許行之學說。許行主張「君民並耕」、「市價不二」。

⑯ **墨子之言** 即墨家墨翟的學說。墨翟主張「兼愛非攻」。

⑰ **高誘** 東漢涿縣人，曾注《戰國策》、《呂氏春秋》、《淮南子》。

# 三、奏議類

姚姬傳《古文辭類纂・序目》曰：「奏議類者，蓋唐虞三代聖賢陳說其君之辭，《尚書》具之矣。周衰，列國臣子為國謀者，誼忠而辭美，皆本謨誥之遺，學者多誦之。其載《春秋》內外傳者不錄，錄自戰國以下。漢以來有表、奏、疏、議、上書、封事之異名，其實一類。惟對策雖亦臣下告君之辭，而其體稍別，故寘之下編。兩蘇應制舉時所進時務策，又以附對策之後。」

**按**：《尚書・皐陶謨》、周公旦告成王〈無逸〉、召公奭告成王〈召告〉，乃奏議之起源；其名稱尤多，分別說明如下：

奏、說文：「奏，進也。」臣下對君上陳說之用，如賈捐之〈薦楊興奏〉。

疏、古文疋。說文：「疋，記也。」注經文字曰疏，論事文字亦曰疏，如賈誼〈論積貯疏〉。

上書、凡上於君長，如君上長吏等，皆曰上書。漢人上書，為對君上專用，如鄒陽〈諫吳王書〉。

上言、與上書同，如賈山〈至言〉。

表、釋名：「下言於上曰表。」秦時已有之，東漢乃常見，如諸葛亮〈出師表〉。

議、進御之條陳，如班固〈匈奴和親議〉。

駁議、進御之條陳，專用於反駁，如蕭長倩〈駁入粟贖罪牋〉。

狀、進御之條陳，如趙充國〈上屯田十二事狀〉。

對策、策為竹簡，將陳述之言書於簡策，故謂之對策，乃應試之作，如董仲舒〈舉賢良對策〉。

對、對答君上之文，如東方朔〈化民有道對〉。

說、亦是條陳之類，對君上長官皆可用，如鼂錯〈說文帝令民入粟受爵〉。

獻書、與上書類似，唯上書多用於君上，獻書多用於長官，如崔駰〈獻書誡竇憲〉。

牋、本作箋，東漢末年，官吏上書王侯往往用之，如楊修〈答臨淄侯牋〉。

封事、為密封奏議，如劉向〈極諫外家封事〉。

彈章、專用於彈劾。

劄子、如王安石〈本朝百年無事劄子〉。

牓子、錄子、亦奏議之異名，唐代盛行。

題、本、奏摺、亦奏議之異名，盛行於明清。

# 諫逐客書

李　斯

臣聞吏議逐客，竊以為過矣！

昔穆公❶求士，西取由余❷於戎，東得百里奚於宛❸，迎蹇叔於宋❹，求丕豹、公孫支於晉❺。此五子者，不產於秦；而穆公用之，并國二十，遂霸西戎❻。孝公用商鞅之法❼，移風易俗，民以殷盛，國以富強，百姓樂用，諸侯親服，獲楚魏之師，舉地千里，至今治強。惠王用張儀之計❽，拔三川之地，西并巴蜀❾，北收上郡❿，南取漢中⓫。包九夷，制鄢郢⓬，東據成皋⓭之險，割膏腴之壤⓮，遂散六國之從，使之西面事秦，功施到今。昭王得范雎⓯，廢穰侯，逐華陽⓰，強公室，杜私門，蠶食諸侯，使秦成帝業。此四君者，皆以客之功，由此觀之，客何負於秦哉！向使四君卻客而不內，疏士而不與，是使國無富利之實，而秦無強大之名也。

今陛下致昆山之玉⑰，有隨和之寶⑱，垂明月之珠⑲，服太阿之劍⑳，乘纖離之馬㉑，建翠鳳之旗㉒，樹靈鼉之鼓㉓：此數寶者，秦不生一焉，而陛下說之，何也？必秦國之所生然後可，則是夜光之璧，不飾朝廷；犀象之器㉔，不為玩好；鄭衛之女㉕，不充後宮；而駿馬駃騠㉖，不實外廄；江南金錫不為用；西蜀丹青不為采㉗。所以飾後宮，充下陳㉘，娛心意，說耳目者，必出於秦然後可，則是宛珠之簪㉙，傅璣之珥㉚，阿縞之衣㉛？錦繡之飾，不進於前；而隨俗雅化㉜，佳冶窈窕㉝，趙女不立於側也。夫擊甕叩缶㉞，彈箏搏髀㉟，而歌呼嗚嗚快耳者，真秦之聲也；鄭衛桑間㊱，韶虞武象者㊲，異國之樂也。今棄擊甕而就鄭衛，退彈箏而取韶虞，若是者何也？快意當前，適觀而已矣。今取人則不然，不問可否，不論曲直，非秦者去，為客者逐，然則是所重者在乎色樂珠玉，而所輕者在乎人民也。此非所以跨海內，致諸侯之術也。

臣聞地廣者粟多，國大者人眾，兵強者士勇。是以泰山不讓土壤，故能成其大；河海不擇細流，故能就其深；王者不卻眾庶，故能明其德。是以地無四方，民無異國，四時充美，鬼神降福。此五帝、三王之所以無敵也。今乃棄黔首㊳以資敵國，卻賓客以業㊴諸侯，使天下之士退而不敢西向，裹足不入秦㊵，此所謂藉寇兵而齎盜糧㊶者也。

夫物不產於秦，可寶者多；士不產於秦，而願忠者眾。今逐客以資敵國，損民以益讎，內自虛而外樹怨於諸侯，求國無危，不可得也。

【註釋】

❶ **穆公** 嬴姓，名任好，為春秋五霸之一。

❷ **由余** 其先本晉人，亡入戎，為戎王使秦，穆公賢之，以計間戎王，由余遂降秦。

❸ **東得百里奚於宛** 百里奚，楚宛人，為虞大夫。虞亡入秦。宛，今河南南陽縣。

❹ **迎蹇叔於宋** 蹇叔，岐州人，嘗遊宋，穆公使人厚幣迎之。宋，今河南歸德以東，至江蘇徐州。

❺ **求丕豹公孫支於晉** 丕豹，丕鄭之子，鄭見殺，豹遂奔秦。公孫支，秦大夫子桑也，岐州人，遊晉，後歸秦。

⑥ **西戎**　今甘肅慶陽縣。

⑦ **孝公用商鞅之法**　秦孝公，名渠梁，獻公子。商鞅，戰國衛人，亦稱衛鞅，少好刑名之學，去衛入秦，孝公任為左庶長，定變法之令，秦以富強，封於商，稱商鞅。

⑧ **惠王用張儀之計**　惠王，秦孝公之子，名駟。張儀，戰國魏人，惠王用為相，遊說六國，連橫事秦。

⑨ **拔三川之地西并巴蜀**　三川，今河南省黃河兩岸之地，以其地有河、洛、伊，故名，巴蜀，今四川省地。

⑩ **上郡**　今陝西省西北部及綏遠省鄂爾多斯旗左翼皆其地。

⑪ **漢中**　今陝西省南部及湖北省西北部。

⑫ **包九夷制鄢郢**　包，兼也。九夷，楚之夷也。鄢，今湖北省宜城縣。郢，故楚郢都。

⑬ **成皋**　今河南省城皋縣西北。

⑭ **膏腴之壤**　肥沃之土地。膏，肉之肥者；腴，腹下肥肉：引申有肥沃之意。

⑮ **昭王得范雎**　昭王，即昭襄王，名稷，惠王子。范雎，魏人，字叔，善口辨，初事魏，後入秦，說昭王以遠交近攻之策，封應侯。

⑯ **廢穰侯逐華陽**　穰侯，姓魏，名冉，昭王母宣太后異父弟，為相國。華陽，宣太后同父弟芉戎。

⑰ **昆山之玉**　昆山，即昆岡，在于闐國東北四百里，其岡出玉。

⑱ **隨和之寶**　指隨侯之珠，卞和之玉。事見《淮南子·覽冥篇》及《韓非子·和氏》。

⑲ **明月之珠**　夜光之珠，有似月光，故曰明月。見《淮南子·氾論篇》。

⑳ **太阿之劍**　越絕書：「楚王召歐冶子、干將作鐵劍三枚，其二曰太阿。」

㉑ **纖離之馬**　良馬名，出北狄纖離國。

㉒ **翠鳳之旗**　以翠羽為鳳形而飾旗。

㉓ **靈鼉之鼓**　鼉，音ㄊㄨㄛˊ，動物之名，皮堅可張鼓。古以鼉為神異，故曰靈鼉。

㉔ **犀象之器**　犀牛角、象牙所作之器物。

㉕ **鄭衛之女**　春秋戰國，鄭衛風俗淫靡，故稱美豔之女子為鄭衛之女。

㉖ **駃騠**　音ㄐㄩㄝˊ ㄊㄧˊ，良馬名，出北狄。

㉗ **西蜀丹青不為采**　丹，朱砂；青，空青：皆礦物，可作顏料，又可入藥。采，彩之本字，彩繪也。

㉘ **下陳**　猶後列也，指侍妾。

㉙ **宛珠之簪**　言以宛縣所產生之珠飾簪。

㉚ **傅璣之珥**　以璣附著於珥。璣，音ㄐㄧ，珠之不圓者；珥，音ㄦˇ，塞耳之玉。

㉛ **阿縞之衣**　以齊東阿縣所出之繒帛做衣。縞，音ㄍㄠˇ。

㉜ **隨俗雅化**　能隨俗閑雅變化也。

㉝ **佳冶窈窕**　佳冶，豔麗貌。窈，音ㄧㄠˇ；窕，音ㄊㄧㄠˇ。《詩·周南·關雎》：「窈窕淑

女。」陳奐《詩毛氏傳疏》：「窈，言婦德幽靜；窕，言婦容閒雅。」

㉞ **擊甕叩缶** 《說文》曰：「甕，汲瓶也；缶，瓦器，秦人鼓之以節樂。」甕，音ㄨㄥˋ。

㉟ **彈箏搏髀** 箏，樂器。髀，音ㄅㄧˋ，股骨也。搏髀，拍骨為節。

㊱ **鄭衛桑間** 鄭、衛，國名。桑間，衛國地名。《禮記・樂記》：「鄭衛之音，亂世之音；桑間、濮上之音，亡國之音也。」

㊲ **韶虞武象** 韶虞，舜樂。武象，周武王之樂。

㊳ **黔首** 《史記・秦始皇本紀》：「更名民曰黔首。」《說文》：「黔，黎也。秦謂民曰黔首，謂黑色。周謂之黎民。」黔，音ㄑㄧㄢˊ。

㊴ **業** 事奉也。

㊵ **裹足不入秦** 謂雖裹足而不敢入秦也。裹足，將登途也。

㊶ **藉寇兵而齎盜糧** 藉，借也。齎，音ㄐㄧ，持送也。意謂以兵器借與敵寇，將糧食送與盜賊。

# 諫獵書

司馬相如

臣聞物有同類而殊能者：故力稱烏獲❶，捷言慶忌❷，勇期賁育❸。臣之愚，竊以為人誠有之，獸亦宜然。

今陛下好陵阻險，卒然遇軼材❹之獸，駭不存❺之地，犯屬車之清塵❻，輿不及還轅❼，人不暇施巧，雖有烏獲、逢蒙❽之技不能用，枯木朽株，盡為難矣！是胡越起於轂❾下，而羌夷接軫❿也，豈不殆哉！

雖萬全無患，然本非天子之所宜近也。且夫清道而後行，中道而馳，猶時有銜橛之變⓫，況乎涉豐草，馳邱墳，前有利獸之樂，而內無存變之意，其為害也不難矣！

夫輕萬乘之重不以為安樂，出萬有一危之塗以為娛，臣竊為陛下不取。蓋明者遠見於未萌，而智者避危於無形。禍固多藏於隱微，而發於人之所忽者也。故鄙諺曰：「家累千金，坐不垂堂⓬。」此言雖小，可以喻大。臣願陛下留意幸察。

【註釋】

❶ **烏獲** 人名，古之力士，六國時人也。《帝王世紀》云：「秦武王好多力之士，烏獲之徒並皆歸焉，秦王於洛陽舉周鼎，烏獲兩目出血。」

❷ **慶忌** 春秋吳王僚之子，以勇聞；筋骨果勁，萬人莫當。公子光既弒僚，慶忌在衛，光憂之，使要離至吳，乘間刺殺之。

❸ **賁育** 孟賁、夏育也，古之勇士。孟賁水行不避蛟龍，陸行不避豺狼。

❹ **軼材** 謂非凡庸之材也。《漢書・王褒傳》：「益州刺史因奏褒有軼材。」註：「軼與逸同。」

❺ **不存** 謂不得安存也。

❻ **犯屬車之清塵** 屬車，天子從車，相續不絕也。不敢指斥之，故言犯清塵。

❼ **轅** 音ㄩㄢˊ，夾於車前馬腹兩旁之車槓。

❽ **逢蒙** 人名，古之善射者。《孟子・離婁》：「逢蒙學射於羿，盡羿之道，思天下惟羿為愈己，於是殺羿。」

❾ **轂** 輻所湊也。按六書故曰：「輪之中為轂，空其中，軸所貫也。」《老子》：「三十輻共一轂。」轂，音ㄍㄨˇ。

❿ **軫** 音ㄓㄣˇ，車後橫木也，見《說文》。

⓫ 銜橛之變 謂車馬奔馳，有傾覆之虞也。銜，馬勒銜也；橛，騑馬口長銜也，橛，音ㄐㄩㄝˊ。

⓬ **家累千金坐不垂堂** 言富人之子，則自愛深也。《論衡·四諱篇》：「毋承屋檐而坐，恐瓦墜擊人首也。」

# 出師表❶

諸葛亮

臣亮言：先帝❷創業未半，而中道崩殂❸。今天下三分❹，益州❺疲敝❻，此誠危急存亡之秋❼也。然侍衛之臣不懈於內；忠志之士亡❽身於外者，蓋追先帝之殊遇，欲報之於陛下也。誠宜開張聖聽❾，以光先帝遺德，恢弘❿志士之氣；不宜妄自菲薄⓫，引喻失義⓬，以塞忠諫之路也。

宮中府中⓭俱為一體，陟罰臧否⓮不宜異同⓯。若有作姦犯科⓰，及為忠善者，宜付有司論其刑賞，以昭陛下平明之治，不宜偏私，使內外異法也。侍中、侍郎⓱、郭攸之⓲、費禕⓳、董允⓴等，此皆良實，志慮忠純㉑，是以先帝簡拔㉒以遺陛下。愚以為宮中之事，事無大小悉以咨㉓之，然後施行，必能裨補闕漏㉔，有所廣益。將軍向寵㉕，性行淑均㉖，曉暢軍事，試用於昔日，先帝稱之曰「能」，是以眾議舉寵為督。愚以為營中之事悉以咨之，必能使行陣和睦，優劣得所。親賢臣，遠小人，此先漢所以興隆也；親小人，遠賢臣，此後漢所以傾頹也。先帝在時，每與臣論此事，未嘗不歎息痛恨於桓、靈[27]也。侍中、尚書[28]、長史[29]、參軍[30]，此悉貞亮死節[31]之臣也，願陛下親之信之，則漢室之隆可計日而待也。

臣本布衣[32]，躬耕於南陽[33]，苟全性命於亂世，不求聞達[34]於諸侯。先帝不以臣卑鄙，猥[35]自枉屈，三顧臣於草廬之中，諮臣以當世之事，由是感激，遂許先帝以驅馳。後值傾覆[36]，受任於敗軍之際，奉命於危難之間，爾來二十有一年矣！先帝知臣謹慎，故臨崩寄臣以大事也。受命以來，夙夜憂勤，恐託付不效[37]，以傷先帝之明。故五月渡瀘[38]，深入不毛[39]。今南方已定，兵甲已足，當獎率三軍，北定中原，庶竭駑鈍[40]，攘除奸凶，興復漢室，還於舊都[41]；此臣所以報先帝而忠陛下之職分也。至於斟酌損益[42]，進盡忠言，則攸之、禕、允之任也。願陛下託臣以討賊興復之效；不效則治臣之罪，以告先帝之靈。若無興德之言[43]，責攸之、禕、允等之慢，以彰其咎。

陛下亦宜自課㊹，以諮諏㊺善道，察納雅言㊻，深追先帝遺詔，臣不勝受恩感激。今當遠離，臨表涕泣㊼，不知所云㊽。

## 【註釋】

❶ **出師表** 蜀漢建興五年（西元二二七年），諸葛北伐曹魏，駐屯漢中，出師前上此表後主劉禪。古代人臣言事於君稱為上書，漢定上書為章、奏、表、議四種：章以謝恩，奏以按劾，表以陳情，議以執異。

❷ **先帝** 指蜀漢昭烈帝，先主劉備，字玄德，涿州人，漢景帝之子中山靖王後人。

❸ **崩殂** 劉備伐吳失敗，章武三年病死白帝城。古稱皇帝死亡為崩，如山之崩塌。

❹ **天下三分** 曹魏佔領華北，建都洛陽；孫權據有東南，建都建業；蜀漢佔有西南，建都成都；三國成鼎立之勢。

❺ **益州** 後漢州名，位於今之四川省，為蜀漢主要領土。

❻ **疲敝** 疲，指人力之疲困；敝，指物力之破敗。

❼ **秋** 指緊要關頭。李善注：「歲以秋為功畢，故以喻時之要也。」

❽ **亡** 同忘。

❾ **開張聖聽** 擴大見聞。聖，尊稱天子，此指劉禪。

❿ **恢弘** 擴大。

⓫ **妄自菲薄** 任意看輕自己，不知自重。妄，亂也，菲，微薄也。

⓬ **引喻失義** 引證比喻之事，不合義理。

⓭ **宮中府中** 宮，指皇宮；府，指丞相府及將軍府。

⓮ **陟罰臧否** 賞善罰惡也。陟，音ㄓˋ，升遷、獎賞也。罰，懲罰。臧，音ㄗㄤ，善也。否，音ㄆㄧˇ，惡也。

⓯ **不宜異同** 不應有差別。異同，偏用「異」之義，為雙義仄用法，又稱偏義複詞。

⓰ **作姦犯科** 做壞事，冒犯法紀。科，科條法令。

⓱ **侍中侍郎** 皆天子左右侍臣。侍中掌理宮中奏事及車馬衣服等職。侍郎為侍衛之官。

⓲ **郭攸之** 字演長，南陽人，時為侍中。

⓳ **費褘** 字文偉，江夏人，時為侍中。

⓴ **董允** 字休昭，南郡人，為黃門侍郎。

㉑ **志慮忠純** 即志忠慮純也。意謂意志忠誠，思想純正。

㉒ **簡拔** 選擇提拔。

㉓ **咨** 詢問、商量。與下文「諮」意同。

㉔ **裨補闕漏** 補救缺點與遺漏。裨，音ㄅㄧˋ，補也。

㉕ **向寵** 襄陽宜城人，字巨達，先主時為牙門將；後主封為都亭侯。

㉖ **淑均** 善良公正。

㉗ **桓靈** 即東漢桓帝劉志、靈帝劉宏，皆昏庸無能，信任外戚宦官，政治腐敗，民不聊生，招致黃巾之亂。

㉘ **尚書** 指陳震，字孝起，南陽人。

㉙ **長史** 指張裔，字君嗣，成都人。

㉚ **參軍** 指蔣琬，字公琰，零陵湘鄉人。

㉛ **貞亮死節** 貞亮，忠正誠實。死節，效死志節。

㉜ **布衣** 指平民。古代平民除老者可以衣絲帛外，餘皆穿麻布衣服，故布衣成為平民代稱。

㉝ **躬耕南陽** 躬耕，親自耕種也。南陽，郡名，轄有今河南省西南部及湖北省北部。

㉞ **聞達** 聞，指美好名譽，音ㄨㄣˋ；達，指顯耀地位。

㉟ **猥** 音ㄨㄟˇ，屈辱也。朱駿聲以為發語詞。

㊱ **傾覆** 失敗。漢獻帝建安十三年（西元二〇八年），劉備於湖北當陽長坂坡，被曹操打敗，退保夏口。

㊲ **不效** 不成功。

㊳ **五月渡瀘** 諸葛亮於建興三年五月率軍南征，平定雲南境內亂事。瀘，指瀘水，又名雅

瀘江。

❸❾ **不毛** 毛，草木。荒瘠不生五穀謂之不毛。

❹⓿ **駑鈍** 比喻才能低劣。駑，劣馬。鈍，刀不鋒利。

❹❶ **舊都** 指東漢首都洛陽。

❹❷ **斟酌損益** 斟酌，本意為適量倒酒，引申為度量事情之可否而去取。損益，減少或增多。

❹❸ **興德之言** 可以增進德業之良言。

❹❹ **自課** 自我考查。《三國誌・諸葛亮傳》作「自謀」；《文選》作「自課」。

❹❺ **諮諏** 訪問謀求也。諏，音ㄗㄡ，咨問也。

❹❻ **雅言** 正言也。

❹❼ **涕泣** 本傳作「涕零」，《文選》作「涕泣」。

❹❽ **不知所云** 不知所言為何，表示感傷至極。

# 教戰守策

蘇　軾

夫當今生民之患，果安在哉？在於知安而不知危、能逸而不能勞。此其患不見於今，而將見於他日。今不為之計，其後將有所不可救者。

昔者先王❶知兵之不可去也，是故天下雖平，不敢忘戰。秋冬之隙，致民田獵以講武❷，教之以進退坐作之方，使其耳目習於鐘鼓旌旗❸之間而不亂，使其心志安於斬刈殺伐❹之際而不懾❺。是以雖有盜賊之變，而民不至於驚潰。

及至後世，用迂儒❻之議，以去兵❼為王者之盛節❽。天下既定，則卷甲❾而藏之。數十年之後，甲兵損敝❿，而人民日以安於佚樂⓫；卒⓬有盜賊之警，則相與恐懼訛言⓭，不戰而走。開元、天寶⓮之際，天下豈不大治？惟其民安於太平之樂，酣豢⓯於遊戲酒食之間；其剛心勇氣，銷耗鈍眊

⑯，痿蹶⑰而不復振。是以區區之祿山⑱一出而乘之，四方之民獸奔鳥竄，乞為囚虜之不暇，天下分裂，而唐室因以微矣。

蓋嘗試論之：天下之勢，譬如一身。王公貴人所以養其身者，豈不至哉？而其平居常苦於多疾。至於農夫小民，終歲勤苦，而未嘗告病，此其故何也？夫風雨霜露寒暑之變，疾之所由生也。農夫小民，盛夏力作，窮冬暴露，其筋骸之所衝犯，肌膚之所浸漬⑲，輕霜露而狎⑳風雨，是故寒暑不能為之毒。今王公貴人，處於重屋之下，出則乘輿，風則襲裘㉑，雨則御蓋㉒。凡所以慮患之具，莫不備至。畏之太甚，而養之太過，小不如意，則寒暑入之矣。是以善養身者，使之能逸能勞；步趨動作，使其四體狃㉓於寒暑之變；然後可以剛健強力，涉險而不傷。夫民亦然。

今者治平之日久，天下之人驕惰脆弱，如婦人孺子，不出於閨門。論戰鬥之事則縮頸而股慄㉔；聞盜賊之名則掩耳而不願聽。而士大夫亦未嘗言兵，以為生事擾民，漸不可長㉕。此不亦畏之太甚，而養之太過歟？

且夫天下固有意外之患也。愚者見四方之無事，則以為變故無自而有，此亦不然矣。今國家所以奉西北二虜㉖者，歲以百萬計。奉之者有限，而求之者無厭㉗，此其勢必至於戰。戰者必然之勢也，不先於我，則先於彼；不出於西，則出於北。所不可知者，有遲速遠近，而要以不能免也。

天下苟不免於用兵，而用之不以漸，使民於安樂無事之中，一旦出身而蹈死地，則其為患必有所不測。故曰：天下之民，知安而不知危，能逸而不能勞，此臣所謂大患也。臣欲使士大夫尊尚武勇，講習兵法；庶人之在官者㉘，教以行陣之節㉙；役民之司盜者㉚，授以擊刺之術；每歲終則聚於郡府，如古都試之法㉛，有勝負，有賞罰，而行之既久，則又以軍法從事㉜。然議者必以為無故而動民，又撓以軍法，則民將不安，而臣以為此所以安民也。天下果未能去兵，則其一旦將以不教之民而驅之戰。夫無故而動民，雖有小怨，然孰與夫一旦之危哉？

今天下屯聚之兵，驕豪而多怨，陵壓百姓，而邀㉝其上者，何故？此其心以為天下之知戰者，惟我而已。如使平民皆習於兵，彼知有所敵，則固以破其奸謀，而折其驕氣。利害之際，豈不亦甚明歟？

## 【註 釋】

❶ **先王** 指古代賢明的君王。

❷ **致民田獵以講武** 招集人民田獵來練習武藝。致，招集。田也作畋，獵也。

❸ **鐘鼓旌旗** 皆古代指揮軍隊行動之工具。古代作戰，擊鼓而進，鳴鐘而退。旌旗，用以指揮軍隊之行動。

❹ **斬刈殺伐** 指攻戰時，以兵器互相砍殺。刈音ㄧˋ，割斷。

❺ **慴** 恐懼、失氣，音ㄓㄜˊ。

❻ **迂儒** 言行闊遠，不切事理之儒者，迂音ㄩ。

❼ **去兵** 解除武備。

❽ **盛節** 大德、美德。

❾ **卷甲** 收藏甲兵。卷同捲，收藏也。

❿ **甲兵損敝** 鎧甲破損，兵器不銳利。頓通鈍。

⓫ **佚樂** 安逸享樂。佚通逸。

⑫ **卒** 突然。卒通猝，音ㄘㄨˋ。

⑬ **訛言** 散布謠言。訛，偽也，音ㄜˊ。

⑭ **開元、天寶** 均為唐玄宗年號。

⑮ **酣豢** 沈迷於安樂之中。酣，飲酒而樂。豢，養也，音ㄏㄨㄢˋ。

⑯ **銷耗鈍眊** 日漸耗損，以致勇氣衰竭。鈍眊，即衰老、遲鈍。眊為耄之本字，老也，音ㄇㄠˋ。

⑰ **痿蹶** 委靡不振。痿，筋肉萎縮，不良於行，音ㄨㄟˇ。蹶，跌倒，音ㄐㄩㄝˊ。

⑱ **祿山** 即安祿山。唐營州柳城胡人，因守邊有功，玄宗時為節度使。天寶十四年造反，自稱雄武皇帝，國號燕，後為其子慶緒所弒。

⑲ **浸漬** 本義為泡水而濕透，引申為感受。音ㄐㄧㄣˋ ㄗˋ。

⑳ **狎** 輕慢，音ㄒㄧㄚˊ。

㉑ **襲裘** 外加皮衣。襲，衣加於外。裘，皮衣。

㉒ **御蓋** 撐傘。御，用也。蓋，傘也。

㉓ **狃** 習慣，音ㄋㄧㄡˇ。

㉔ **股慄** 兩腿發抖。形容非常恐懼。

㉕ **漸不可長** 以為用兵乃生事擾民之事，不可令其蔓延擴大。漸，事物發展之開端。

㉖ **西北二虜** 西指西夏。北指遼，即契丹。虜為北方邊疆民族之稱呼。

㉗ **厭** 滿足。厭通饜，飽足也，音ㄧㄢˋ。

㉘ **庶人之在官者** 在官府服務的人民。

㉙ **行陣之節** 軍隊中作戰的方法。

㉚ **役民之司盜者** 擔任捕捉盜賊的服役的人民。

㉛ **古都試之法** 秦漢之制：每年秋後舉行軍中校閱，以考校武藝，以修武備，稱都試。

㉜ **軍法從事** 依照軍法規定實施賞罰。

㉝ **邀** 要求、要挾也。邀通要。

# 四、書說類

姚姬傳《古文辭類纂・序目》：「書說類者，昔周公之告召公，有〈君奭〉之篇。春秋之世，列國士大夫，或面相告語，或為書相遺，其義一也。戰國說士說其時主，當委質為臣，則入之奏議類；其已去國，或說異國之君，則入此篇。」

**按：**《文心雕龍・書記篇》：「書者，布也，舒布其言，陳之簡牘也。」書牘為私函，詔令、奏議乃公函，其分別在於公私性質之異，而不在地位上下之分。今人稱書信曰尺牘，即因古代書信之牘皆長一尺。又有札、牒、牋之稱。書牘之文，大之則論政、論道、論學、論文；小之則日常細故，曲折微情，無不可於書中言之。抒情貴真摯而切當，敘事貴簡要而明白，措詞貴妥適而自然，使情意宣達如分，閱者發生共鳴，乃為佳作。

# 報燕惠王書

樂　毅

臣不佞❶，不能奉承❷先王之教❸，以順左右❹之心，恐抵斧質❺之罪，以傷先王之明，而又害於足下❻之義，故遁逃奔趙。自負以不肖之罪，故不敢為辭說。今王使使者數❼之罪，臣恐侍御者❽之不察先王之所以畜幸❾臣之理，而又不白於臣之所以事先王之心，故敢以書對。

臣聞賢聖之君，不以祿私其親❿，功多者授之；不以官隨其愛⓫，能當者處之。故察能而授官者，成功之君也；論行而結交者，立名之士也。臣以所學者觀之，先王之舉錯，有高世⓬之心，故假節於魏⓭，以身得察於燕⓮。先王過舉，擢之乎賓客之中，而立之乎群臣之上，不謀於父兄⓯，而使臣為亞卿⓰。臣自以為奉令承教，可以幸無罪矣，故受命而不辭。

先王命之曰：「我有積怨深怒於齊⓱，不量輕弱，而欲以齊為事。」臣對曰：「夫齊，霸國之餘教⑱，而驟勝⑲之遺事也；閑於兵甲，習於戰攻。王若欲伐之，則必舉天下而圖之；舉天下而圖之，莫徑於結趙矣。且又淮北、宋地，楚、魏之所欲也⑳；趙若許，約楚魏韓秦四國盡力攻之，齊可大破也。」先王曰：「善。」臣乃口受令，具符節，南使臣於趙。顧反命㉑，起兵隨而擊齊。以天之道，先王之靈，河北之地，隨先王舉而有之濟上㉒。濟上之軍奉令擊齊，大勝之，輕卒銳兵，長驅至國㉓。齊王逃遁而走莒㉔，僅以身免。珠玉財寶，車甲珍器，盡收入燕。大呂陳於元英㉕，故鼎反乎歷室㉖，齊器設於寧臺㉗。薊丘之植植於汶篁㉘。自五霸以來，功未有及先王者也。先王以為慊㉙於其志，以臣為不頓命㉚，故裂地而封之㉛，使之得比乎諸小國諸侯。臣不佞，自以為奉令承教可以幸無罪矣，故受命而弗辭。

臣聞賢明之君功立而不廢，故著於《春秋》㉜；蚤知㉝之士名成而不毀，故稱於後世。若先王之報怨雪恥，夷萬乘之強國，收八百歲之蓄積㉞，及至棄群臣之日35，餘令詔後嗣之遺義，執政任事之臣，所以能循法令，順庶孽36者，施及萌隸37，皆可以教於後世。臣聞善作者不必善成；善始者不必善終。昔伍子胥說聽乎闔閭，故吳王遠迹至於郢38。夫差39弗是也，賜之鴟夷40而浮之江。故吳王夫差不悟先論之可以立功，故沈子胥而弗悔；子胥不蚤見主之不同量，故入江而不改。夫免身立功，以明先王之迹者，臣之上計也；離毀辱之非41，墮先王之名42者，臣之所大恐也。臨不測之罪，以幸為利者，義之所不敢出也。

臣聞古之君子交絕不出惡聲43。忠臣之去也不潔其名44。臣雖不佞，數奉教於君子矣。恐侍御者之親左右之說，而不察疏遠之行也，故敢以書報，唯君之留意焉！

## 【註釋】

❶ **不佞** 不才、不肖之意，自謙詞。

❷ **奉承** 承受也。

❸ **先王之教** 先王指惠王之父燕昭王。

❹ **左右** 近侍臣子。

❺ **斧質** 古代刑具。斧，一作鈇，斫刀也。質，一作鑕，椹也，斬斫時所借之物。

❻ **足下** 稱人之敬辭。

❼ **數** 責備，音ㄕㄨˇ。

❽ **侍御者** 服從陪從左右之人，不敢斥言惠王而婉稱其左右。

❾ **畜幸** 畜，畜養收容；幸，寵愛、親近。

❿ **不以祿私其親** 意謂不把俸祿私自授與親近之人。

⓫ **不以官隨其愛** 意謂不把官位隨意給其喜愛之人。

⓬ **高世** 超過一般流俗。

⓭ **假節於魏** 假借擔任魏國使節之機會。節，符節，古代使臣出使外國所持之信物，所以證明身份。

⓮ **以身得察於燕** 言自身得知舉於燕也。察，同際，音ㄐㄧˋ，有知遇、際遇之意。

⓯ **父兄** 指宗室大臣。

⓰ **亞卿** 古官名，卿位在大夫之上，亞卿次於正卿。

⓱ **我有積怨深怒於齊** 周赧王元年（西元前三一四年），燕國內亂，齊湣王攻燕，殺燕王噲及宰相子之。二年後，燕人叛齊復國，立太子平，是為昭王。昭王即位，欲報殺父亡

國之仇。

⑱**霸國之餘教** 齊桓公嘗九合諸侯，一匡天下，尊王攘夷，為諸夏盟主。至田齊猶能繼承其霸國之遺風。

⑲**驟勝** 數勝也。驟，屢次之意，《國策》、《史記》皆作「最」。

⑳**淮北宋地楚魏之所欲也** 淮北，淮水以北之地。宋地，包括今山東西南境，安徽北部，江蘇西北端，河南東部。淮北、宋地此時皆屬齊。楚欲收復淮北，魏想得宋地。

㉑**顧反命** 視其回至燕國之覆命。顧，視也。

㉒**濟上** 濟水邊上。

㉓**國** 指齊國首都臨淄，位於今山東臨淄縣。

㉔**齊王逃遁而走莒** 齊王，指湣王，又作閔王。在位四十年，後為楚將淖齒所殺。

㉕**大呂陳於元英** 為齊所劫之大呂鐘，復陳列於燕元英殿。大呂，齊鐘名。元英，燕殿名。

㉖**故鼎反乎歷室** 為齊所劫之故鼎，歸返燕歷室宮。歷室，燕宮名，《史記》作「磨室」。

㉗**齊器設於寧臺** 齊國之器用皆陳設於燕之寧臺。寧臺，燕之臺名。

㉘**薊丘之植植於汶篁** 言燕之所栽植，向來止植於薊丘，今移植於齊之汶篁矣，其地之廣可知。薊丘，燕都。汶，水名。篁，竹田。

㉙ **慊** 滿意、快意也。

㉚ **不頓命** 未敗壞使命也。

㉛ **裂地而封之** 燕昭王以昌國封樂毅，號為昌國君。

㉜ **春秋** 此處泛指史書而言。魯史稱《春秋》，晉史稱《乘》，楚史稱《檮杌》。

㉝ **蚤知** 先知、遠見。蚤，同早。

㉞ **八百歲之蓄積** 周武王十三年（西元前一一二二年）滅商封呂尚於齊起，至樂毅於周赧王三十一年（西元前二八四年）入齊京，共八百三十一年。蓄積，指儲蓄聚集之財貨寶物。

㉟ **棄群臣之日** 謂燕昭王薨也。

㊱ **順庶孽** 能撫順庶子也。庶孽，庶子，猶樹之有孽生。

㊲ **萌隸** 人民。一作氓隸。

㊳ **伍子胥說聽乎闔閭故吳王遠迹至於郢** 伍子胥，名員。父奢，於周景王二十三年（西元前五二二年），為楚平王所殺，子胥逃亡至吳，後為吳破楚，直入郢都，為父兄報仇，闔閭，吳公子光，自立為吳王。郢，楚都。

㊴ **夫差** 吳王闔閭世子，周敬王二十五年（西元前四九五年）繼位。

㊵ **鴟夷** 牛皮袋。鴟，音ㄔ。

㊶ **離毀辱之非** 遭受毀辱之誹謗也。離，同罹，遭也。非，《史記》作「毀謗」。

㊷ **墮先王之名** 敗壞先王知人之名。墮，同隳，敗壞，音ㄏㄨㄟ。

㊸ **惡聲** 背後以惡毒之言語辱罵或攻擊對方。

㊹ **不潔其名** 為自己清譽作辯護而毀謗其君。

# 報孫會宗書

楊惲

惲材朽行穢，文質無所底❶，幸賴先人餘業❷，得備宿衛，遭遇時變，以獲爵位❸，終非其任，卒與禍會❹。足下哀其愚蒙，賜書教督以所不及，殷勤❺甚厚。然竊恨足下不深惟其終始，而猥❻隨俗之毀譽也。言鄙陋之愚心，則若逆指而文過❼；默而息乎❽，恐違孔氏「各言爾志」之義❾；故敢略陳其愚，唯君子察焉。

惲家方隆盛時，乘朱輪❿者十人，位在列卿⓫，爵為通侯⓬，總領從官，與聞政事。曾不能以此時有所建明⓭，以宣德化，又不能與群僚同心并力，陪輔朝廷之遺忘，已負竊位素餐⓮之責久矣。懷祿貪勢，不能自退，遭遇變故，橫被口語⓯，身幽北闕⓰，妻子滿獄。當此之時，自以夷滅不足以塞責⓱，豈意得全首領，復奉先人之丘墓乎！伏惟⓲聖主之恩，不可勝量。

君子遊道，樂以忘憂；小人全軀，說以忘罪。竊自思念，過已大矣，行已虧矣，長為農夫以沒世⑲矣。是故身率妻子，戮力⑳耕桑，灌園治產，以給公上㉑，不意當復用此為譏議也。

夫人情所不能止者，聖人弗禁。故君父至尊親，送其終也有時而既。臣之得罪已三年矣。田家作苦，歲時伏臘㉒，烹羊炰羔㉓，斗酒自勞。家本秦也，能為秦聲，婦趙女也，雅善鼓瑟，奴婢歌者數人，酒後耳熱，仰天拊缶㉔而呼烏烏。其詩曰：「田彼南山，蕪穢不治；種一頃豆，落而為萁。人生行樂耳，須富貴何時㉕！」是日也，拂衣而喜，奮袖低昂，頓足起舞，誠荒淫無度，不知其不可也。

惲幸有餘祿，方糴㉖賤販貴，逐什一之利。此賈豎㉗之事，汙辱之處，惲親行之。下流之人，眾毀所歸，不寒而栗㉘。雖雅知惲者猶隨風而靡，尚何稱譽之有？董生㉙不云乎：「明明㉚求仁義，常恐不能化民者，卿大夫意也；明明求財利，常恐困乏者，庶人之事也。」故「道不同不相為謀」，今子尚安得以卿大夫之制而責僕哉！夫西河魏土㉛，文侯㉜所興，有段干木田子方㉝之遺風；漂然皆有節槩㉞，知去就之分㉟。頃者足下離舊土，臨安定㊱——安定山谷之間，昆夷㊲舊壤，子弟貪鄙。豈習俗之移人哉？於今迺睹子之志矣。方當盛漢之隆，願勉旃㊳，毋多談！

## 【註釋】

❶ **文質無所厎** 文，指外在華美文彩；質，指內在樸實本質。《論語・雍也》：「質勝文則野，文勝質則史，文質彬彬，然後君子。」厎。音ㄓˇ，致也。

❷ **先人餘業** 楊惲父楊敞嘗為丞相，惲以父蔭為郎，補常侍騎。

❸ **遭遇時變以獲爵位** 霍光之子禹，及其姪山、雲等謀反，事覺，山、雲自殺，禹被腰斬。（事見《漢書・霍光傳》。）惲因功封為平通侯。

❹ **卒與禍會** 惲與太僕戴長樂相失，長樂上書告惲屢誹謗當世，以主上為戲語，無人臣禮。詔免為庶人。

❺ **殷勤** 待人懇切周到。又作慇懃。

❻ **猥** 曲也，音ㄨㄟˇ。

❼ **逆指而文過** 違背會宗意旨而文飾己過。指，意也。文，文飾也，音ㄨㄣˋ，《論語・子張》：「小人之過也必文。」

❽ **息乎** 文選作「自守」。

❾ **恐違孔氏各言爾志之義** 《論語・公冶長》：「顏淵季路侍，子曰：『盍各言爾志？』」

❿ **乘朱輪** 以丹漆塗車轂，謂之朱輪。漢制，秩二千石以上之官，得乘朱輪。

⓫ **位在列卿** 惲嘗任光祿勳，為九卿之一。

⓬ **爵為通侯** 漢襲秦法，封功臣爵最尊者為徹侯，後以避武帝諱，改稱通侯。

⓭ **建明** 建，建白也。明，發所未見也。

⓮ **竊位素餐** 意謂不稱其職，空食俸祿。《論語・衛靈公》：「臧文仲其竊位者歟！」《詩・魏風・伐檀》：「彼君子兮，不素餐兮。」

⓯ **橫被口語** 指為戴長樂所告發。橫，不順理也，音ㄏㄥˋ。

⓰ **身幽北闕** 幽，囚也。《漢書》注：「上章者於公車，有不如法者，以付北軍尉，北軍尉以法罰之。」楊惲上書，遂幽北闕，公車門所在也。」

⓱ **塞責** 補償罪責也。塞，補也。

⓲ **伏惟** 俯伏思惟也，謙敬之詞。

⑲ **沒世** 猶言終身。《論語·衛靈公》：「君子疾沒世而名不稱。」

⑳ **戮力** 并力也，見《說文》戮字下。

㉑ **以給公上** 《漢書》顏師古注：「充縣官之賦斂也。」

㉒ **伏臘** 夏伏，冬臘，兩祭名。六月最熱之時為伏日；年終祭百神為臘日。

㉓ **炰羔** 去小羊之毛而燒之。炰，同炮，炙肉也。

㉔ **拊缶** 拍擊瓦器也。

㉕ **田彼南山……須富貴何時** 「田彼南山，蕪穢不治」，喻朝廷荒亂；「種一頃豆，落而為萁」，喻賢人在野而不見用；「人生行樂耳，須富貴何時！」言國既無道，當及時行樂，等富貴到何時？萁，豆莖。須，等待。

㉖ **糴** 買穀也，音ㄉㄧˊ。

㉗ **賈豎** 賈者買賣之稱。豎，小人也，凡人愚昧無能者以豎詈之。

㉘ **不寒而栗** 形容恐懼之甚。栗，竦縮也。栗通慄。

㉙ **董生** 董仲舒，漢廣川人。少治《春秋》，景帝時為博士。武帝時，主張罷黜百家獨崇儒術，帝采之。著有《春秋繁露》。

㉚ **明明** 猶煌煌，著明也。

㉛ **西河魏土** 西河，漢郡名，今山西省西北部及綏遠省南部，戰國屬魏。會宗為西河人。

㉜ **文侯** 魏文侯，名斯，受經藝於卜子夏，客遇段干木，師事田子方。

33 **段干木田子方** 段干木，晉人，守道不仕。田子方，魏人，魏文侯師事之。

34 **漂然皆有節槩** 漂然，高遠貌。《文選》作「凜然」。槩，平斗斛之器也，引申為度量。

35 **去就之分** 去就，去留也。分，宜守之界限也，音ㄈㄣˋ。

36 **安定** 漢郡名，今甘肅平涼。時會宗為安定太守。

37 **昆夷** 西戎也。《孟子·梁惠王》：「文王事昆夷。」

38 **旃** 「之焉」二字之合音，音ㄓㄢ。

# 答司馬諫議書

王安石

某啟：昨日蒙教，竊以為「與君實❶游處相好之日久，而議事每不合」，所操之術多異故也。雖欲強聒❷，終必不蒙見察，故略上報，不復一一自辨。重念蒙君實視遇❸厚，於反覆不宜鹵莽❹，故今具道所以，冀君實或見恕也。

蓋儒者所重，尤在於名實❺；名實已明，而天下之理得矣。今君實所以見教者，以為侵官❻、生事❼、征利❽、拒諫，以致天下怨謗也。某則以為受命於人主，議法度而修之於朝廷，以授之於有司❾，不為侵官；舉先王之政，以興利除弊，不為生事；為天下理財，不為征利；闢❿邪說，難壬人⓫，不為拒諫。至於怨誹之多，則固前知其如此也。人習於苟且非一日，士大夫多以不恤國事，同俗自媚於眾為善。上乃欲變此；而某不量敵之眾寡，欲出力助上以抗之，則眾何為而不洶洶⑫？然盤庚之遷⑬，胥⑭怨者民也，非特朝廷士大夫而已。盤庚不為怨者故改其度；度義⑮而後動；是而不見可悔故也。

如君實責我以在位久，未能助上大有為，以膏澤⑯斯民，則某知罪矣。如曰今日當一切不事事⑰，守前所為而已，則非某之所敢知。無由會晤，不任⑱區區⑲向往之至。

## 【註　釋】

❶ **君實**　司馬光字。宋神宗時為諫議大夫。

❷ **強聒**　勉強辯解。多聲亂耳為聒，音ㄍㄨㄚ。

❸ **視遇**　看待。

❹ **於反覆不宜鹵莽**　往還辯論之間不應粗率。鹵莽，粗率也。

❺ **名實**　名為事物之名稱，實乃事物之事實。名與實必須符合相稱。

❻ **侵官**　侵越職權。

❼ **生事**　無故而生事端，指安石新法而言。

❽ **征利** 征取利益。征，取也。《孟子·梁惠王》：「上下交征利而國危矣。」

❾ **有司** 官吏之通稱。職有專司，故曰有司。

❿ **闢** 駁斥。

⓫ **難壬人** 責備、抗拒佞人。難，詰責、抗拒，音ㄋㄢˋ。壬人，佞人也。

⓬ **洶洶** 喧擾也。

⓭ **盤庚之遷** 盤庚，商朝王名。商自祖乙都耿，迄盤庚，以黃河泛濫，欲遷於殷，而世族小民皆有怨言，盤庚乃曉以遷都之利，不遷之害。《尚書》有〈盤庚〉三篇。

⓮ **胥** 皆也。

⓯ **度義** 計度合宜之事理。度，計度也。度音ㄉㄨㄛˊ。

⓰ **膏澤** 布施德澤。

⓱ **事事** 做事也。上事字為動詞；下事字為名詞。

⓲ **不任** 不勝，不盡也。任音ㄖㄣˊ。

⓳ **區區** 愛戀也。《古詩》：「一心抱區區，恐君不識察。」

# 上樞密❶韓太尉❷書

蘇　轍

太尉執事❸：

轍生好為文，思之至深，以為文者氣之所形❹。然文不可以學而能，氣可以養而致。孟子曰：「我善養吾浩然之氣❺。」今觀其文章，寬厚宏博，充乎天地之間，稱其氣之小大。太史公❻行天下，周覽四海名山大川，與燕趙❼間豪俊交遊，故其文疏蕩❽，頗有奇氣。此二子者豈嘗執筆學為如此之文哉？其氣充乎其中而溢乎其貌❾，動乎其言而見乎其文，而不自知也。

轍生十九年矣。其居家所與遊者，不過其鄰里鄉黨❿之人；所見不過數百里之間，無高山大野可登覽以自廣。百氏之書⓫雖無所不讀，然皆古人之陳迹，不足以激發其志氣。恐遂汩沒⓬，故決然捨去，求天下奇聞壯觀，以知天地之廣大。過秦漢之故都⓭，恣觀終南嵩華⓮之高；北顧黃河之奔流，慨然想見古之豪傑。至京師⑮，仰觀天子宮闕之壯，與倉廩府庫城池苑囿⑯之富且大也，而後知天下之巨麗。見翰林歐陽公⑰，聽其議論之宏辯，觀其容貌之秀偉，與其門人賢士大夫遊，而後知天下之文章聚乎此也。

太尉以才略冠天下，天下之所恃以無憂，四夷之所憚以不敢發。入則周公召公⑱，出則方叔召虎⑲，而轍也未之見焉。且夫人之學也不志其大，雖多而何為？轍之來也，於山見終南嵩華之高，於水見黃河之大且深，於人見歐陽公，而猶以為未見太尉也。故願得觀賢人之光耀，聞一言以自壯，然後可以盡天下之大觀而無憾者矣。

轍年少未能通習吏事，嚮之來非有取於升斗之祿⑳；偶然得之，非其所樂。然幸得賜歸待選㉑，使得優遊數年之間，將歸益治其文，且學為政。太尉苟以為可教而辱㉒教之，又幸矣。

## 【註　釋】

❶ **樞密**　宋代樞密院掌軍國機務及邊防兵戎諸事，主其事者為樞密使。

❷ **韓太尉** 即韓琦，安陽人，嘉祐元年任樞密使，與歐陽修同朝。樞密使之職權猶如漢代之太尉，故書中以太尉稱之。

❸ **執事** 書信中對人之尊稱，與左右同義。

❹ **文者氣之所形** 意謂文章乃作者氣質、氣度之表現。氣，指氣質、氣度、胸襟。形，具體表現。曹丕《典論論文》：「文以氣為主。」

❺ **浩然之氣** 《孟子・公孫丑篇》：「其為氣也，至大至剛，以直養而無害，則塞於天地之間。其為氣也，配義與道，無是，餒也。」

❻ **太史公** 官名，即太史令，後世則專稱《史記》作者司馬遷。

❼ **燕趙** 戰國時代國名，位於今河北、山西一帶。

❽ **疎蕩** 氣勢豪放、恢宏。

❾ **溢乎其貌** 溢，流露。貌，指外表。

❿ **鄰里鄉黨** 鄉里之統稱。古代地方制度：五家為鄰，五鄰為里，五百家為黨，萬二千五百家為鄉。

⓫ **百氏之書** 指諸子百家之書。

⓬ **汩沒** 湮沒，沈沒。汩，音ㄍㄨˇ。

⓭ **秦漢故都** 秦都咸陽，今陝西省咸陽縣。西漢都長安，今陝西省長安縣。東漢都洛陽，今河南省洛陽縣。

⑭ **恣觀終南嵩華**　恣，盡情。終南，即終南山，位於陝西省長安縣南。嵩，即嵩山，位於河南省登封縣北。華，即華山，位於陝西省華陰縣南。

⑮ **京師**　指北宋首都汴京，今河南省開封縣。

⑯ **苑囿**　養禽獸之地。《說文》段注：「古謂之囿，漢謂之苑也。」

⑰ **翰林歐陽公**　翰林，本謂文翰之多若林也，唐以後因以名文學侍從之官。歐陽公，指歐陽修。

⑱ **周公召公**　周公旦，召公奭，皆周文王之子，武王之弟。武王歿，成王年幼，周公、召公共同輔政。

⑲ **方叔召虎**　皆周宣王卿士。方叔伐玁狁有功，召虎平淮夷有功。

⑳ **升斗之祿**　菲薄之俸祿，意同斗斛之祿。

㉑ **待選**　等待選拔錄用。

㉒ **辱**　屈辱，書信中常用之謙詞。

# 與孫季逑書

洪亮吉

季逑❶足下：

日來用力何似？亮吉三千里外❷，每有造述❸，手未握管❹，心懸❺此人；雖才分素定❻，亦契慕❼有獨至也。吾輩好尚既符，嗜欲又寡。幼不隨搔頭弄姿❽、顧影促步❾之客，以求一時之憐；長實思研精蓄神、忘寢與食❿，以希一得之獲⓫。惟吾年差⓬長，憂患頻集，坐此⓭不逮足下耳。然犬馬之齒⓮，三十有四，距強仕⓯之日尚復六年，上亦冀展尺寸之效⓰，竭志力以報先人；下庶幾⓱垂竹帛之聲⓲，傳姓名以無慚生我⓳。

每覽子桓之論⓴：「日月逝於上，體貌衰於下，忽然與萬物遷化㉑。」及長沙㉒所述：「佚遊荒醉㉓，生無益於時，死無聞於後，是自棄也。」感此數語，掩卷而悲，并日而學㉔。又傭力㉕之暇，餘晷㉖尚富；疏野之質

㉗，本乏知交；雖膠膠㉘則隨暗影以披衣，燭就跋㉙則攜素冊以到枕。衣上落虱，多而不嫌；凝塵浮冠㉚，日以積寸。非門外入刺㉛，巷側過車，不知所處在京邑之內，所居界公卿之間也。

夫人之知力有限，今世之所謂名士，或懸心㉜於貴勢，或役志㉝於高名；在人者未來，在己者已失㉞。又或放情於博奕㉟之趣，畢命㊱於花鳥之妍㊲；勞瘁既同，歲月共盡。若此皆巧者之失也。

間嘗自思；使揚子雲㊳移研經之術以媚世，未必勝漢廷諸人，而坐廢深沉之思；韋宏嗣㊴舍著史之長以事棋，未必充吳國上選㊵，而并亡漸漬㊶之效。二子者，專其所獨至，而置其所不能，為足妒㊷耳。每以自慰，亦惟敢告足下耳。

## 【註釋】

❶ **季逑** 孫星衍，字淵如，號季逑，又號芳茂山人，清江蘇陽湖人。以文學著稱，後專力經史、文字、訓詁、音韻之學，著有《尚書古今文疏證》、《周易集解》、《晏子春秋

音義》。

❷**三千里外**　此時洪亮吉在北京，孫星衍在南京，故云。

❸**造述**　創作論述。

❹**握管**　執筆。管，筆管。

❺**懸**　掛念。

❻**才分素定**　才能天賦早已註定。

❼**契慕**　志趣相投，互相仰慕。契，相合。

❽**搔頭弄姿**　故作姿態，賣弄風騷。

❾**顧影促步**　故作姿態，討好別人。語出《晉書・何晏傳》。

❿**忘寢與食**　忘記吃飯睡覺，比喻非常用功。

⓫**一得之獲**　指學問上之收穫。語出《史記・淮陰侯列傳》：「愚者千慮，必有一得。」

⓬**差**　稍微。亮吉長季逑七歲。

⓭**坐此**　因此。

⓮**犬馬之齒**　對自己年齡之謙稱。馬之年齡以牙齒多寡計算。

⓯**強仕**　男子四十歲智慮氣力強盛，可以出仕。《禮記・曲禮》：「四十曰強，而仕。」

⓰**尺寸之效**　微小之成績。尺寸，形容短小。

⓱**庶幾**　希望。幾，音ㄐㄧ。

⑱ **垂竹帛之聲** 留名史冊。垂聲，留名。竹，竹簡；帛，絹帛：古人用以為書冊。
⑲ **無慚生我** 不至愧對父母。生我，指生我之父母。
⑳ **子桓之論** 指魏朝曹丕之《典論・論文》。子桓，曹丕之字。
㉑ **與萬物遷化** 與萬物同歸變化死亡。
㉒ **長沙** 指長沙郡公陶侃。
㉓ **佚遊荒醉** 遊蕩昏醉，荒廢正業。
㉔ **并日而學** 加倍用功。并日，將兩日當一日使用。
㉕ **傭力** 出賣勞力。
㉖ **餘晷** 剩餘時間。晷，音ㄍㄨㄟˇ，測日影之器具，引伸為時間。
㉗ **疏野之質** 疏懶鄙陋之本性。
㉘ **膠膠** 雞鳴聲。語出《詩經・鄭風・風雨》：「雞鳴膠膠」。
㉙ **燭就跋** 火燭即將燒盡。跋，燭火之尾端，音ㄅㄚˊ。
㉚ **凝塵浮冠** 凝聚之塵土積滿帽子。
㉛ **刺** 名片。
㉜ **懸心** 心中掛念。
㉝ **役志** 運用心力。
㉞ **在人者未來，在己者已失** 名位操之在人，德業操之在己。名位，孟子所謂人爵；德

業，孟子所謂天爵。《孟子．告子》：「古之人修其天爵而得人爵，今之人修其天爵以要人爵；既得天爵，而棄人爵。」

㉟ **博奕** 賭博下棋。

㊱ **畢命** 用盡精力生命。

㊲ **姸** 美好，音ㄧㄢˊ。

㊳ **揚子雲** 揚雄，字子雲，西漢文學家、經學家。尤長於辭賦。

㊴ **韋宏嗣** 韋昭，字宏嗣，三國吳人。曾註《國語》，又曾奉命作〈博奕論〉，力詆時人好博奕之習。

㊵ **上選** 上等人選。

㊶ **漸漬** 日漸接受薰陶感化。

㊷ **足妒** 值得羨慕。

# 五、贈序類

姚姬傳《古文辭類纂・序目》曰：「贈序類者，老子曰：『君子贈人以言。』顏淵、子路之違，則以言相贈處；梁王觴諸侯於范台，魯君擇言而進。所以致敬愛，陳忠告之誼也。唐初贈人，始以序名，作者亦眾。至於昌黎，乃得古人之意，其文冠絕前後作者。蘇明允之考名序，故蘇氏諱序，或曰引，或曰說，今悉依其體編之於此。」

**按**：贈序本為贈別之詩歌作序，原出序跋，其後乃有無詩而作序者，實為序跋之變體。作序贈人者既多，且十之九不為贈別之詩作序，贈序乃脫離序跋之附庸而獨立為一類。其文用以贈言忠告、致敬愛之意，或道惜別之情，故其性質已遠於序跋而近於書牘。老蘇送石昌言北使改序為引，蓋避其先君之諱。若韓愈〈愛直〉，歸有光〈守耕說〉。雖無序名，亦屬贈序類。

自贈序引伸而出者尚有壽序。此類文章元代已有之，至明始盛。追溯其初，亦為祝壽詩作序，如明李東陽壽左都御史閔朝瑛七十詩序，其後亦如贈序，無詩而徒作序。清末，壽序之外，又有賀序、結婚有序、得科名有序、升官有序、新造房屋亦有序，所謂序乃成極俗極濫之應酬文。

# 送李愿❶歸盤谷序

韓　愈

太行之陽❷有盤谷❸。盤谷之間，泉甘而土肥，草木藂❹茂，居民鮮少。或曰：「謂其環兩山之間，故曰盤。」或曰：「是谷也，宅❺幽而勢阻❻，隱者之所盤旋❼。」友人李愿居之。

愿之言曰：「人之稱大丈夫者我知之矣。利澤❽施於人，名聲昭❾於時。坐於廟朝❿，進退百官⓫，而佐天子出令。其在外，則樹旗旄⓬，羅弓矢。武夫前呵⓭，從者塞途，供給之人各執其物夾道而疾馳。喜有賞，怒有刑。才畯⓮滿前，道古今而譽盛德⓯，入耳而不煩。曲眉豐頰⓰，清聲而便體⓱，秀外而惠中⓲，飄輕裾⓳，翳長袖⓴，粉白黛綠㉑者，列屋而閒居，妒寵而負恃㉒，爭妍而取憐㉓。大丈夫之遇知於天子，用力於當世者之所為也。吾非惡此而逃之，是有命焉，不可幸而致也。」

「窮居而野處，升高而望遠；坐茂樹以終日，濯清泉以自潔。採於山美可茹㉔；釣於水鮮可食。起居無時，惟適之安。與其有譽於前，孰若無毀於其後㉕；與其有樂於身，孰若無憂於其心。車服不維㉖，刀鋸不加㉗，理亂不知，黜陟㉘不聞。大丈夫不遇於時者之所為也，我則行之。」

「伺候於公卿之門，奔走於形勢㉙之途，足將進而趦趄㉚，口將言而囁嚅㉛，處汙穢而不羞，觸刑辟㉜而誅戮，徼倖於萬一，老死而後止者，其於為人賢不肖何如也？」

昌黎㉝韓愈，聞其言而壯之。與之酒而為之歌曰：「盤之中維子之宮㉞。盤之土可以稼㉟。盤之泉可濯可沿。盤之阻誰爭子所？窈而深廓其有容㊱，繚而曲如往而復㊲。嗟盤之樂兮樂且無央㊳；虎豹遠跡兮蛟龍遁藏；鬼神守護兮呵禁不祥㊴。飲且食兮壽而康，無不足兮奚所望？膏吾車㊵兮秣吾馬㊶，從子於盤兮終吾生以徜徉㊷。」

## 【註釋】

❶ **李愿** 甘肅人，生平不詳。

❷ **太行之陽** 太行山起自河南濟源縣，橫亙河南、河北、山西等省。陽，山南水北為陽。

❸ **盤谷** 位於河南省濟源縣北二十里，風景絕佳，有李愿遺跡。

❹ **藂** 同叢，聚集叢生。

❺ **宅** 所處位置。

❻ **勢阻** 地勢阻塞難通。

❼ **盤旋** 逗留不進，意同盤桓。

❽ **利澤** 利益恩惠。

❾ **昭** 顯耀。

❿ **廟朝** 宗廟朝廷。

⓫ **進退百官** 升降任免百官。

⓬ **旄** 竿上飾有犛牛尾之旗。旄，音ㄇㄠˊ。

⓭ **武夫前呵** 古時權貴出門，武侍前行喝導，使行者讓路。呵，呼喝，音ㄏㄜ。

⓮ **才畯** 才能出眾之士。畯，同俊。

⓯ **道古今而譽盛德** 引述古今盛事讚譽其美德。

⓰ **曲眉豐頰** 兩眉彎曲，面頰豐潤。

⓱ **清聲而便體** 聲音清脆，體態輕盈。便，輕盈，輕巧，音ㄆㄧㄢˊ。

⑱ **秀外而惠中** 外表秀麗，內心聰明。惠，通慧，聰明。

⑲ **飄輕裾** 古時富貴女子穿著輕軟綺羅，行走間衣襟隨風飄揚。裾，衣襟，音ㄐㄩ。

⑳ **翳長袖** 以長袖遮面，形容女人嬌羞之態。翳，遮蔽也。

㉑ **粉白黛綠** 借指女人。黛，深青色顏料，女子用以畫眉。

㉒ **妒寵而負恃** 妒寵，忌妒別人受寵。負恃，仗恃自己美貌而負氣。

㉓ **爭妍而取憐** 相互比美以博取主人憐愛。

㉔ **茹** 吃，音ㄖㄨˊ。

㉕ **與其……孰若** 比較連詞，比較兩件之得失時用之。

㉖ **車服不維** 車服不用計度，不受限制。古代官吏貴人之車服，皆有一定制度。

㉗ **刀鋸不加** 不會獲罪受刑。刀鋸，刑具。

㉘ **黜陟** 黜，貶降，音ㄔㄨˋ。陟，升遷，音ㄓˋ。

㉙ **形勢** 指人事上強弱盛衰之形勢。此指權勢。

㉚ **趦趄** 欲行不行貌。音ㄗ ㄐㄩ。

㉛ **囁嚅** 欲言不言貌。音ㄋㄧㄝˋ ㄖㄨˊ。

㉜ **刑辟** 刑罰。辟，刑也。

㉝ **昌黎** 昌黎為韓愈郡望，非其籍貫。唐人重視郡望，故稱人、自稱多稱郡望。

㉞ **宮** 屋室。《爾雅》：「古者貴賤皆稱宮，秦漢以來，惟王者所居稱宮。」

㉟ **稼** 種穀。為叶韻應讀古音ㄍㄨˇ。

㊱ **窈而深廓其有容** 深遠而寬闊，容量很大。窈，深遠，音ㄧㄠˇ。廓其，猶廓然，空大貌。

㊲ **繚而曲如往而復** 迴環曲折，看似走出去，卻又走回來。繚，纏繞。

㊳ **無央** 無窮盡。

㊴ **呵禁不祥** 呵禁，斥責禁止，呵，音ㄏㄜ。不祥，不祥之物，指山鬼物魅等。

㊵ **膏吾車** 出發前油潤車軸，使車輕快。膏，潤澤。

㊶ **秣吾馬** 秣，飼馬穀物，音ㄇㄛˋ，此處作喂解。

㊷ **徜徉** 逍遙自在貌，音ㄔㄤˊ　ㄧㄤˊ。

# 送徐無黨❶南歸序

歐陽修

草木鳥獸之為物，眾人之為人，其為生雖異，而為死則同，一歸於腐壞澌盡泯滅❷而已。而眾人之中，有聖賢者固亦生且死於其間，而獨異於草木鳥獸眾人者，雖死而不朽，逾遠而彌存也。其所以為聖賢者，修之於身，施之於事，見之於言，是三者所以能不朽而存也❸。

修於身者無所不獲；施於事者有得有不得焉；其見於言者則又有能有不能也。施於事矣不見於言可也。自詩書史記所傳，其人豈必皆能言之士哉？修於身矣而不施於事，不見於言亦可也。孔子弟子有能政事者矣，有能言語者矣❹。若顏回❺者在陋巷❻曲肱飢臥❼而已；其群居則默然終日如愚人❽。然自當時群弟子皆推尊之，以為不敢望而及❾。而後世更百千歲亦未有能及之者。其不朽而存者，固不待施於事，況於言乎？

予讀班固〈藝文志〉❿，唐《四庫書目》⓫，見其所列，自三代秦漢以來著書之士，多者至百餘篇，少者猶三、四十篇，其人不可勝數；而散亡磨滅，百不一、二存焉。予竊悲其人，文章麗矣，言語工矣，無異草木榮華⓬之飄風，鳥獸好音之過耳也。方其用心與力之勞，亦何異眾人之汲汲營營⓭，而忽然以死者，雖有遲有速，而卒與三者⓮同歸於泯滅，夫言之不可恃也蓋如此。今之學者莫不慕古聖賢之不朽，而勤一世以盡心於文字間者皆可悲也！

東陽⓯徐生，少從予學為文章，稍稍見稱於人。既去，而與群士試於禮部⓰，得高第；由是知名。其文辭日進，如水涌而山出。予欲摧其盛氣而勉其思也，故於其歸告以是言。然予固亦喜為文辭者，亦因以自警焉。

## 【註釋】

❶ **徐無黨**　浙江永康人，從修學古文辭，嘗為修注《五代史》，皇祐中登進士第，為郡教授以卒。

❷ **澌盡泯滅** 澌，消盡為澌。泯滅，消滅淨盡。

❸ **修之於身……所以能不朽而存也** 《左傳・襄公二十四年》：「太上有立德，其次有立功，其次有立言。雖久而不廢，此之謂不朽。」修之於身為立德，施之於事為立功，見之於言為立言。見，音ㄒㄧㄢˋ，表現之意。

❹ **孔子弟子有能政事者矣有能言語者矣** 《論語・先進》：「子曰：『從我於陳蔡者，皆不及門也。德行：顏淵、閔子騫、冉伯牛、仲弓；言語：宰我、子貢；政事：冉有、季路；文學：子游、子夏。』」

❺ **顏回** 春秋魯人，字子淵，亦稱顏淵，孔子弟子。敏而好學，聞一知十，不遷怒，不貳過；貧居陋巷，簞食瓢飲而不改其樂，孔子稱其賢，早卒，後世尊為復聖。

❻ **在陋巷** 王念孫謂陋巷指所居之室，古時里中道曰巷，人所居亦謂之巷。

❼ **曲肱飢臥** 謂彎曲著臂膀作枕頭睡覺。飢臥，忍飢空臥。皆形容其生活之貧窮簡陋。

❽ **默然終日如愚人** 《論語・為政》：子曰：「吾與回言終日，不違如愚。」

❾ **當時群弟子……不敢望而及** 《論語・公冶長》：「子謂子貢曰：『女與回也孰愈？』對曰：『賜也何敢望回？回也聞一以知十；賜也聞一以知二。』」

❿ **班固藝文志** 班固，字孟堅，東漢扶風安陵人。固撰《漢書》百二十卷，〈藝文志〉乃書中八志之一，皆當時所存之典籍，依劉向七略為之。

⓫ **唐四庫書目** 唐分經、史、子、集四類，而藏書之盛莫盛於開元，其著錄者五萬三千九

百十五卷；而唐之學者自為之書，又二萬八千四百六十九卷。

⑫ **榮華** 植物之花。《爾雅・釋草》：「木謂之榮，草謂之華。」華，音ㄏㄨㄚ，花之古字。

⑬ **汲汲營營** 急迫追求名利貌。汲汲，不息貌。營營，往來貌。

⑭ **三者** 指草木、鳥獸、眾人。

⑮ **東陽** 地名，今浙江永康縣。

⑯ **禮部** 古官署名稱，六部之一。唐以來之科舉、會試由禮部主持，其職掌似今之考選部、教育部。

# 送石昌言北使引

蘇　洵

昌言❶舉進士❷時，吾始數歲，未學也。憶與群兒戲先府君❸側，昌言從旁取棗栗啖❹我，家居相近，又以親戚故甚狎❺。昌言舉進士日有名。吾後漸長亦稍知讀書，學句讀❻屬對❼聲律❽未成而廢；昌言聞吾廢學，雖不言，察其意甚恨。後十餘年，昌言及第第四人，守官四方，不相聞。吾日以壯大乃能感悔，摧折❾復學。又數年遊京師❿，見昌言長安⓫，相與勞問如平生歡；出文十數首，昌言甚喜稱善。吾晚學無師，雖日為文，中心自慚；及聞昌言說乃頗自喜。

今十餘年又來京師，而昌言官兩制⓬，乃為天子出使萬里外強悍不屈之虜庭⓭，建大旆⓮，從騎數百，送車千乘，出都門，意氣慨然⓯。自思為兒時，見昌言先府君旁，安知其至此？富貴不足怪，吾於昌言獨自有感也。

大丈夫生不為將，得為使折衝口舌之間⑯足矣。

往年彭任⑰從富公⑱使還，為我言曰：「既出境，宿驛亭⑲，聞介馬⑳數萬騎馳過，劍槊㉑相摩，終夜有聲，從者怛然失色㉒；及明，視道上馬跡，尚心掉不自禁㉓。」凡虜所以誇耀中國者多此類也；中國之人不測㉔也，故或至於震懼而失辭㉕以為夷狄笑。嗚呼！何其不思之甚也！昔者奉春君使冒頓㉖，壯士大馬皆匿不見，是以有平城之役。今之匈奴吾知其無能為也。孟子曰：「說大人則藐之㉗。」況於夷狄！請以為贈。

## 【註釋】

❶ **昌言** 石揚休，字昌言，其先世江都人，後徙眉州。善為詩，有名於時，終知制誥。

❷ **舉進士** 應進士試也。唐宋時凡舉人應試於禮部者，皆稱舉進士。

❸ **先府君** 漢人稱郡守為府君，後世子孫尊稱其先人亦曰府君。此指作者之父，名序，字仲先。

❹ **啖** 以物食人。音ㄉㄢˋ。

❺ **狎** 親近也。

❻ **句讀** 凡成文語絕之處謂之句；語未絕而點分之以便誦詠謂之讀。讀，音ㄉㄡˋ。

❼ **屬對** 聯綴文字使成對偶。屬，連也，音ㄓㄨˇ。對，對偶也。

❽ **聲律** 聲，指聲調。律，謂格律。聲律之說，始於齊梁間沈約等，影響唐代文學至為深鉅，近體律絕平仄格律，由此而生。後人學作詩詞，必先學聲律。

❾ **摧折** 義如折節，改變平日志向。摧猶折也，同義複詞。

❿ **京師** 北宋首都河南開封。

⓫ **長安** 作者由蜀至京師，路經長安。

⓬ **兩制** 謂內制與外制也。唐宋以翰林學士掌內制，亦稱內命，天子制旨詔命之不經外朝者，如后妃、親王、宰相、節度除拜之制誥是。外制，天子制旨詔命之宣布於外朝者，如除拜百官之制誥是。

⓭ **虜庭** 指契丹。稱敵人曰虜。昌言於仁宗嘉祐元年八月為契丹國母生辰使。

⓮ **建大旆** 建，樹立。旆，旗也，音ㄆㄟˋ。

⓯ **意氣慨然** 意志氣慨，慷慨豪壯。

⓰ **折衝口舌之間** 此謂使者能以口舌之力，折止敵人之衝突，而收禦侮之功也。《詩・大雅・緜傳》：「折衝曰禦侮。」

⓱ **彭任** 字有道，蜀人，仁宗慶曆二年富弼報使契丹，任自請從行。

⓲ **富公** 富弼，字彥國，宋河南人，慶曆初，知制誥，嘗出使契丹，還拜樞密使。至和

初，與文彥博並相，世稱富文。英宗時，封鄭國公，後封韓國公，卒謚文忠。

⑲ **驛亭** 古昔以傳車、驛騎傳達官文書，行旅止息之所謂之驛亭。

⑳ **介馬** 披甲騎馬也。介，甲也。

㉑ **槊** 《正字通》：「矛長丈八謂之槊。」槊，音ㄕㄨㄛˋ。

㉒ **怛然失色** 怛然，驚懼貌。怛，音ㄉㄚˊ。失色，面容變色也。

㉓ **心掉不自禁** 因恐懼而心中動搖不能自制，心有餘悸也。掉，動搖也。

㉔ **不測** 不能預知。

㉕ **失辭** 言辭不妥善。

㉖ **奉春君使冒頓** 漢劉敬，齊人，本姓婁，賜姓劉，拜為郎中，號為奉春君。嘗出使匈奴。冒頓，音ㄇㄛˋ ㄉㄨˊ，匈奴單于之名。

㉗ **說大人則藐之** 《孟子・盡心篇》：「說大人則藐之，勿視其巍巍然。」說，音ㄕㄨㄟˋ。大人，指有權勢之人。藐，輕視之也。

# 送東陽馬生序

宋濂

余幼時即嗜學。家貧，無從致書以觀，每假借於藏書之家，手自筆錄，計日以還。天大寒，硯冰堅，手指不可屈伸，弗之怠。錄畢走送之，不敢稍逾約。以是人多以書假余，余因得偏觀群書。既加冠❶，益慕聖賢之道；又患無碩師、名人與遊，嘗趨百里外，從鄉之先達❷執經叩問。先達德隆望尊，門人弟子填其室，未嘗稍降辭色❸。余立侍左右，援疑質理❹，俯身傾耳以請；或遇其叱咄❺，色愈恭，禮愈至，不敢出一言以復；俟其忻悅則又請焉。故余雖愚，卒獲有所聞。

當余之從師也，負篋、曳屣❻行深山巨谷中，窮冬烈風，大雪深數尺，足膚皸裂❼而不知。至舍，四肢僵勁不能動，媵人❽持湯沃灌，以衾擁覆，久而乃和。寓逆旅主人，日再食❾，無鮮肥滋味之享。同舍生皆被綺繡❿，戴珠纓寶飾之帽，腰白玉之環，左佩刀，右備容臭[11]，燁然[12]若神人；余則縕袍敝衣處其間，略無慕豔意。以中有足樂者，不知口體之奉不若人也。蓋余之勤且艱若此。……

今諸生學於太學，縣官[13]日有廩稍[14]之供，父母歲有裘葛[15]之遺，無凍餒之患矣；坐大廈之下而誦詩書，無奔走之勞矣；有司業、博士[16]為之師，未有問而不告，求而不得者也；凡所宜有之書，皆集於此，不必若余之手錄，假諸人而後見也。其業有不精，德有不成者，非天質之卑，則心不若余之專耳，豈他人之過哉！

東陽[17]馬生君則，在太學已二年，流輩甚稱其賢。余朝京師，生以鄉人子謁[18]余。譔長書以為贄[19]，辭甚暢達；與之論辯，言和而色怡；自謂少時用心於學甚勞；是可謂善學者矣！其將歸見其親也，余故道為學之難以告知。……

## 【註釋】

❶**加冠** 古時男子年滿二十歲行加冠禮，表示成年。

❷**先達** 指有學問、道德的前輩，以其先我達於道，故稱先達，或稱先進。

❸**辭色** 言辭和臉色。

❹**援疑質理** 提出疑惑，叩問道理。援，引也。質，問也。

❺**叱咄** 怒斥聲，音ㄔˋ ㄉㄨㄛˋ。

❻**負篋曳屣** 背著書籍，拖著鞋子。篋，箱也，音ㄑㄧㄝˋ。曳，拖也，音ㄧˋ。

❼**皸裂** 裂開。皸，裂也，音ㄐㄩㄣ。

❽**媵人** 婢妾之人。媵，音ㄧㄥˋ。

❾**日再食** 每日只吃兩餐。

❿**被綺繡** 穿著華美之衣服。被，穿也，音ㄆㄧ。綺，繒之有彩者，音ㄑㄧˇ。繡，以絲刺為五彩之文。

⓫**容臭** 香囊。臭音ㄒㄧㄡˋ。

⓬**爗然** 光彩貌。爗音ㄧㄝˋ。

⓭**縣官** 本指天子，亦指朝廷。《史記・絳侯世家》：「庸知其盜買縣官器。」《索隱》：「縣官，謂天子也。」

⓮**廩稍** 官府供給之糧食，又稱廩食。

⓯**裘葛** 指一年四季所穿的衣服。裘，皮衣。葛，用葛織成之衣物，宜夏天穿用。

⑯ **司業**、博士　明朝國子監官名。《明史·職官志》：「明代國子監設司業一人，掌圖書及諸生訓導；五經博士五人，每位博士專教一經，兼習《四書》。

⑰ **東陽**　今浙江省東陽縣。

⑱ **謁**　進見，音ㄧㄝˋ。

⑲ **贄**　初次見面之禮物。音ㄓˋ。

# 六、詔令類

姚姬傳《古文辭類纂・序目》曰：「詔令類者，原於尚書之誓誥。周之衰也，文告猶存，昭王制，肅強侯，所以悅人心而勝於三軍之眾，猶有賴焉。秦最無道，而辭則偉。漢至文景，意與辭俱美矣，後世無以逮之。光武以降，人主雖有善意，而辭氣何其衰薄也。檄令皆諭下之辭，韓退之〈祭鱷魚文〉，檄令類也，故悉附之。」

**按：** 劉、姚、曾三氏，皆以尚書誓誥為詔令類之起源。誓，乃告誡軍旅之下行公文，如〈湯誓〉、〈牧誓〉。誥，為告諸侯或民眾關於行政之下行文，如〈大誥〉、〈洛誥〉。詔，則始於周文王詔牧、詔太子發二篇。漢有制詔之名。唐初制詔並用，武后名曌，避其諱，故改詔稱制。諭，漢高祖有入關誥諭，後世出自天子者謂之上諭，官府布告民眾則但曰諭而已。命令，命令本同義，《尚書》之〈說命〉、〈冏命〉則以命官，〈微子之命〉、〈蔡仲之命〉則以封爵，戰國概謂之令。

教，臣下對其屬吏用之，如諸葛亮〈與群下教〉。

敕，有戒敕之義。唐廢置州縣，增減官吏，發兵除官，謂之發敕；答百官奏請，謂之敕旨；戒約臣下，謂之敕書；隨事承制，謂之敕牒；宋有敕牓、敕命。

策，用以封爵，如漢武帝〈封齊王策〉；有用以策問者，如漢武帝〈賢良策〉。

璽書，為非正式之詔令，如漢光武帝〈賜竇融璽書〉。

檄，始於張儀〈檄楚相〉，司馬相如有〈喻巴蜀檄〉。其後多用於軍旅討伐之事，如陳琳為袁紹〈討曹操檄〉。與檄類似者為露布，如賈洪為馬超作〈討曹操露布〉。

冊書，亦曰策書。徐師曾《文體明辨》分十一類：

(一)祝冊，郊祀祭享用之。
(二)玉冊，上尊號於帝后用之。
(三)立冊，立帝后及太子用之。
(四)封冊，封諸王用之。
(五)哀冊，遷帝后梓宮及太子、諸王、大臣死時用之。
(六)贈冊，追贈死後大臣用之。
(七)謚冊，賜大臣謚號用之。
(八)贈謚冊，兼上二者用之。
(九)祭冊，大臣死，賜祭時用之。

㈩賜冊，賜臣下時用之。

(十一)免冊，赦免時用之。

鐵卷，以鐵券鑄詞丹書以賜功臣，始於漢高祖。

九錫，為國家優待功臣之殊典。

批，對下屬公文之批示，始於唐。

判，判曲直之公文，猶現在司法官之判詞。

# 求賢詔

漢高祖

蓋聞王者莫高於周文，伯❶者莫高於齊桓，皆待賢者而成名。今天下賢者智能豈特❷古之人乎？患在人主不交故也。士奚由進？今吾以天之靈，賢士大夫，定有天下，以為一家，欲其長久，世世奉宗廟亡❸絕也。賢人已與我共平之矣，而不與吾共安利之可乎？賢士大夫有肯從我游者，吾能尊顯之。布告天下，使明知朕意。御史大夫昌下相國❹，相國酇侯❺下諸侯王，御史中執法❻下郡守，其有意稱明德❼者，必身勸，為之駕，遣詣相國府，署行義年❽。有而弗言，覺免。年老癃❾病勿遣。

【註　釋】

❶伯　通霸，音ㄅㄚˋ。

❷豈特　猶白話「豈只是」，可改用「豈直」、「豈徒」、「豈獨」。

❸ 亡　通無，音ㄨˊ。

❹ 御史大夫昌下相國　御史，官名，漢時位列三公，掌圖書祕籍兼司糾察，其屬有御史中丞。昌，周昌，沛人，後封汾陰侯。相國，官名，位尊於丞相，漢初朝廷及王國亦置之，如漢呂后拜丞相蕭何為相國，高帝拜彭越為魏相國等是。

❺ 酇侯　指蕭何，沛人，為高祖劉邦同鄉，佐高祖平定天下，功列第一。

❻ 御史中執法　即御史中丞，為御史大夫屬官。

❼ 意稱明德　意稱，即懿稱，美稱也。意，同懿。明德，光明之德也。

❽ 署行義年　署，書。行，履歷。義，同儀，儀容。年，年齡。

❾ 癃　音ㄌㄨㄥˊ，年老曲背，無能力工作者。

# 令二千石修職詔

漢景帝

雕文刻鏤❶，傷農事者也；錦繡纂組❷，害女紅❸者也。農事傷，則飢之本也；女紅害，則寒之原也。夫飢寒並至，而能亡❹為非者寡矣！朕親耕，后親桑，以奉宗廟粢盛❺祭服，為天下先。不受獻，減太官❻，省繇賦❼，欲天下務農蠶，素有畜積，以備災害；彊毋攘❽弱，眾毋暴寡，老耆❾以壽終，幼孤得遂❿長。今歲或不登⓫，民食頗寡，其咎安在？或詐偽為吏，吏以貨賂為市⓬，漁奪⓭百姓，侵牟⓮萬民。縣丞⓯，長吏也，姦法⓰與盜盜⓱，甚無謂⓲也！其令二千石修其職。不事官職耗⓳亂者，丞相以聞，請其罪！布告天下，使明知朕意。

【註釋】

❶ **雕文刻鏤** 文，花紋，文采。鏤，可供雕刻之金屬。《左傳·哀公元年》：「器不雕

鏤。」

❷ **錦繡纂組** 錦繡，皆精麗之服飾用品。纂組，赤色絲帶；組，窄者作冠纓，寬者可繫佩玉。

❸ **女紅** 猶女工，謂女子之工作也，指採桑養蠶織布裁衣等。紅，音ㄍㄨㄥ。

❹ **亡** 同無。

❺ **粢盛** 祭祀所用之穀米。粢，音ㄗ，黍稷；一云穀類之總名。盛，音ㄔㄥˊ，將祭米放於祭器內。

❻ **太官** 掌皇帝飲食之官。

❼ **繇賦** 繇，役也，徵民伕供勞力。賦，稅。

❽ **攘** 侵奪。

❾ **耆** 音ㄑㄧˊ，八十曰耆。

❿ **遂** 成也。

⓫ **登** 成也。《禮・曲禮》：「五穀不登」。

⓬ **以貨賂為市** 貨賂，財物。市，交易。

⓭ **漁奪** 似漁獵般奪人財物。

⓮ **侵牟** 剝削、侵害也。牟，本食苗根之害蟲，引伸為如牟蟲害苗般害人。

⓯ **縣丞** 縣令之佐，為屬吏之首領，故稱長吏。長，音ㄓㄤˇ。

⓰ **姦法** 因法作奸。

⓱ **與盜盜** 與強盜一同為盜。上盜為名詞，下盜為動詞。

⓲ **甚無謂** 猶言太無道理。

⓳ **耗** 同眊，音ㄇㄠˋ，不明也。

# 七、傳狀類

姚姬傳《古文辭類纂・序目》曰：「傳狀類者，雖原於史氏，而義不同。劉先生云：『古之為達官名人傳者，史官職之。文士作傳，凡為圬者種樹之流而已。其人既稍顯，即不當為之傳，為之行狀，上史氏而已。』余謂先生之言是也。雖然，古之國史立傳，不甚拘品位，所紀事尤詳。又實錄書人臣卒，必撮序其平生賢否；今實錄不紀臣下之事。史館凡仕非賜謚及死事者，不得為傳。乾隆四十年，定一品官乃賜謚。然則史之傳者，亦無幾矣。余錄古傳狀之文，並紀茲義，使後之文士得擇之。昌黎〈毛穎傳〉嬉戲之文，其體傳也，故亦附焉。」

**按**：傳狀之文，所以記敘一人生平事實，出於紀傳體史書之傳。我國紀傳體史書，創自司馬遷之《史記》，《史記》中之〈本紀〉、〈世家〉、〈列傳〉，皆為記人文章，是傳之起源。古代作傳為史官專職，私人只能作狀，上之史官，為作傳之根據。其後史例益嚴，一代之人得立傳於正史者不多，於是有文人私撰之傳；而子孫為其先人敘述生平，乞人作傳者，謂之狀。傳或有褒有貶，狀則決無貶辭。漢胡幹有〈楊原伯狀〉，是為現存最早之狀。亦曰行狀，如任昉〈齊竟陵王行狀〉。亦曰事略，如歸有光《先妣事略》。亦曰述狀，如胡天遊〈王大夫述狀〉。傳則史傳之外有家傳，文人所作單篇之傳大都屬於此類，因別於國史之傳，故曰家傳。亦稱小傳，如李商隱〈李賀小傳〉。亦曰別傳，如吳虞〈李卓吾別傳〉。外傳則所錄多遺聞軼事，且為傳紀體之小說，如〈飛燕外傳〉、〈太真外傳〉。託傳則託某傳以發揮己之見解主張，可分為三類：假託人名實以自傳者，如陶潛〈五柳先生傳〉；虛設一人為之作傳者，如東方朔〈烏有先生傳〉；託物擬人等於寓言者，如韓愈〈毛穎傳〉。

# 圬者王承福傳

韓　愈

圬❶之為技，賤且勞者也。有業之❷，其色若自得者。聽其言約而盡❸。問之，王其姓，承福其名，世為京兆❹長安農夫。天寶之亂❺發❻人為兵，持弓矢十三年，有官勳❼，棄之來歸；喪其土田，手鏝衣食❽餘三十年。舍❾於市之主人，而歸其屋食之當焉❿。視時屋食之貴賤，而上下其圬之傭⓫以償之；有餘則以與道路之廢疾、餓者焉。

又曰：「粟⓬，稼⓭而生者也；若布與帛，必蠶績⓮而後成者也；其他所以養生之具，皆待人力而後完也；吾皆賴之。然人不可徧為，宜乎各致其能以相生也。故君者，理我所以生者也；而百官者，承君之化者也。任有大小，惟⓯其所能，若器皿焉。食焉而怠其事必有天殃，故吾不敢一日舍鏝以嬉。夫鏝，易能可力焉，又誠有功；取其直⓰，雖勞無愧，吾心安焉。

夫力，易強而有功也；心，難強而有智也。用力者使於人，用心者使人[17]，亦其宜也。吾特擇其易為而無愧者取焉。」「嘻！吾操鏝以入富貴之家有年矣。有一至者焉，又往過之，則為墟矣。有再至、三至者焉，而往過之，則為墟[18]矣。問之其鄰，或曰：『噫，刑戮[19]也。』或曰：『身既死而其子孫不能有也。』或曰：『死而歸之官也。』吾以是觀之，非所謂食焉怠其事而得天殃者邪？非強心以智而不足，不擇其才之稱否而冒[20]之者邪？非多行可愧，知其不可而強為之者邪？將[21]富貴難守，薄功而厚饗[22]之者邪？抑豐悴[23]有時，一去一來而不可常者邪？吾之心憫[24]焉，是故擇其力之可能者行焉。樂富貴而悲貧賤，我豈異於人哉？」

又曰：「功大者，其所以自奉也博。妻與子，皆養於我者也；吾能薄而功小，不有之可也。又吾所謂勞力者，若立吾家而力不足，則心又勞也。一身而二任[25]焉，雖聖者不可能也。」

愈始聞而惑之，又從而思之；蓋賢者也，蓋所謂「獨善其身[26]」者也。

然吾有譏焉，謂其自為也過多，其為人也過少。其學楊朱之道㉗者邪？楊之道，不肯拔我一毛而利天下；而夫人以有家為勞心，不肯一動其心以畜其妻子，其肯勞其心以為人乎哉？雖然，其賢於世之患不得之而患失之㉘者，以濟其生之欲㉙，貪邪而亡道㉚以喪其身者，其亦遠矣！又其言有可以警余者，故余為之傳而自鑒焉。

## 【註釋】

❶ **圬** 以鏝塗飾牆壁謂之圬，音ㄨ。圬者，即今所謂泥水匠。

❷ **有業之** 有以圬為職業者。

❸ **約而盡** 所言簡單而盡情理。

❹ **京兆** 唐於首都設京兆府。

❺ **天寶之亂** 天寶十四年（西元七五五年），范陽節度使安祿山造反，攻陷洛陽，明年又陷長安，唐玄宗奔蜀，史稱天寶之亂。

❻ **發** 發動、徵調。

❼ **官勳** 官職、勳位。

❽ **手鏝衣食** 意謂當泥水匠以維持生活。手，操持。鏝，泥水匠用以塗抹牆壁之鐵器，音ㄇㄢˋ。

❾ **舍** 居住。

❿ **歸其屋食之當焉** 餽送適當之房租伙食費。歸，通餽。《論語・微子》：「齊人歸女樂。」當，相稱，音ㄉㄤˋ。

⓫ **上下其圬之傭** 上下，增減。傭，工資。

⓬ **粟** 指穀。古以粟為黍、稷、粱、秫之總稱。

⓭ **稼** 種穀曰稼，音ㄐㄧㄚˋ。

⓮ **蠶績** 蠶，養蠶。績，治麻。

⓯ **惟** 以也、用也。

⓰ **直** 通值，酬勞、工資。

⓱ **用力者使於人用心者使人** 二句根據《孟子・滕文公》：「勞心者治人，勞力者治於人。」

⓲ **墟** 土堆，音ㄒㄩ。

⓳ **刑戮** 刑罰殺戮。因罪判處死刑謂之刑戮。

⓴ **冒** 冒充能者。

㉑ **將** 抑或也。

㉒**饗**　同享，享用。

㉓**豐悴**　即盛衰。悴，衰敗，音ㄘㄨㄟˋ。

㉔**憫**　哀憐。

㉕**二任**　指勞心與勞力。

㉖**獨善其身**　語出《孟子·盡心》：「窮則獨善其身，達則兼善天下。」

㉗**楊朱之道**　楊朱，字子君，戰國時人，約生於公元前四四〇年至三六〇年間。《孟子·盡心》：「楊子取為我，拔一毛以利天下，不為也。」楊朱言行又見《列子·楊朱篇》。

㉘**患不得之而患失之**　語出《論語·陽貨》：「鄙夫可與事君也與哉！其未得之也，患得之；既得之，患失之。」

㉙**濟其生之欲**　滿足成全生活上各種欲望。濟，滿足成全也。

㉚**亡道**　不講道德。亡同無。

# 種樹郭橐駝傳

柳宗元

郭橐駝❶，不知始何名。病僂❷，隆然伏行❸，有類橐駝者，故鄉人號之駝。駝聞之，曰：「甚善，名我固當。」因捨其名，亦自謂橐駝云❹。其鄉曰豐樂鄉，在長安西。駝業種樹，凡長安豪富人為觀遊❺及賣果者，皆爭迎取養。視駝所種樹，或移徙，無不活；且碩茂❻蚤實以蕃❼。他植者雖窺伺❽傚慕❾，莫能如也。

有問之，對曰：「橐駝非能使木壽且孳❿也；能順木之天⓫，以致其性焉爾⓬。凡植木之性，其本欲舒⓭，其培欲平⓮，其土欲故，其築欲密⓯。既然已，勿動勿慮，去不復顧。其蒔⓰也若子，其置也若棄，則其天者全而其性得矣。故吾不害其長而已，非有能碩茂之也；不抑耗⓱其實而已，非有能蚤而蕃之也。他植者則不然：根拳而土易⓲。其培之也，若不過焉，則不及。苟有能反是者，則又愛之太恩，憂之太勤。旦視而暮撫，已去而復顧。甚者爪其膚以驗其生枯，搖其本以觀其疏密，而木之性日以離矣。雖曰愛之，其實害之；雖曰憂之，其實讎之。故不我若也。吾又何能為哉？」

問者曰：「以子之道，移之官理[19]可乎？」駝曰：「我知種樹而已，官理非吾業也。然吾居鄉，見長人者[20]好煩其令，若甚憐焉而卒以禍。旦暮吏來而呼曰：『官命促爾耕，勖爾植，督爾穫，蚤繅而緒[21]，蚤織而縷，字[22]而幼孩，遂[23]而雞豚。』鳴鼓而聚之，擊木[24]而召之。吾小人輟飧饔[25]以勞吏者且不得暇，又何以蕃吾生而安吾性耶？故病且怠[26]，若是則與吾業者其亦有類乎？」

問者嘻[27]曰：「不亦善夫！吾問養樹，得養人術。」傳其事以為官戒[28]也。

## 【註釋】

❶ **郭橐駝** 橐駝即駱駝。《史記・匈奴傳》：「其奇畜則橐駝。」橐駝背部肉峰似囊橐，故稱橐駝。郭橐駝姓郭，以其背如橐駝，故有此號。此文乃作者假借郭橐駝種樹之道，說明老子「自然無為」之政治理論，屬傳狀類中之託傳。

❷ **病僂** 得駝背之病。僂，曲背也，音ㄌㄡˊ。

❸ **隆然伏行** 隆然，高起貌。伏行，面向下低頭而行。

❹ **云** 語末助詞，有「據說如此」之意。

❺ **觀遊** 觀賞遊玩。

❻ **碩茂** 碩，高大。茂，茂盛。

❼ **蚤實以蕃** 果實結得早又結得多。蚤，同早。蕃，多也。

❽ **窺伺** 暗地裡觀察橐駝種樹的方法。窺，偷看。伺，偵察。

❾ **傚慕** 傚，同效，摹仿。慕，羨慕。

❿ **孳** 同滋，生長、發育，音ㄗ。

⓫ **天** 自然、天性。

⓬ **致其性焉爾** 盡其性充分發展罷了。致，盡也。焉爾，語末助詞，相當口語「罷了」。

⓭ **其本欲舒** 根要舒展。

⓮ **其培欲平** 填土須平均。培，壅土也。

⓯ **其築欲密** 將種樹時所培土擣實。築，擣土。密，堅實。

⑯ **蒔** 種也，音ㄕˊ。

⑰ **抑耗** 壓制、損害。

⑱ **根拳而土易** 根捲曲不得舒展且換新土。

⑲ **官理** 居官理政。

⑳ **長人者** 為人民長官者。長，音ㄓㄤˇ。

㉑ **蚤繅而緒** 早些抽絲。繅，同繅，抽繭出絲，音ㄙㄠ。緒，絲頭。

㉒ **字** 撫養。

㉓ **遂** 長成。

㉔ **擊木** 木，即木鐸。《周禮・天官小宰》：「徇以木鐸。」注：「古者將有新令，必奮鐸以警眾，使明聽也。木鐸，木舌也，文事奮木鐸；武事奮金鐸。」

㉕ **飧饔** 三餐熟食也。《孟子・滕文公》：「饔飧而治。」注：「饔飧，熟食也。朝曰饔，夕曰飧。」

㉖ **怠** 疲敝也。

㉗ **嘻** 笑貌。

㉘ **以為官戒** 警戒為官者。

# 方山子傳

蘇軾

方山子❶，光黃❷間隱人也，少時慕朱家❸郭解❹為人，閭里之俠皆宗之❺。稍壯，折節❻讀書，欲以此馳騁❼當世，然終不遇。晚乃遯❽於光黃間曰岐亭❾，庵居蔬食❿，不與世相聞，棄車馬，毀冠服，徒步往來山中，人莫識也。見其所著帽方聳而高，曰：「此豈古方山冠⓫之遺像乎？」因謂之方山子。

余謫居於黃，過岐亭適見焉，曰：「嗚呼！此吾故人陳慥季常也！何為而在此？」方山子亦矍然⓬問余所以至此者。余告之故。俛而不答，仰而笑，呼余宿其家。環堵蕭然⓭，而妻子奴婢皆有自得之意。

余既聳然⓮異之。獨念方山子少時，使酒好劍，用財如糞土；前十有九年，余在岐山⓯，見方山子從兩騎挾二矢遊西山，鵲起於前，使騎逐而射之，不獲；方山子怒馬⑯獨出，一發得之。因與余馬上論用兵及古今成敗，自謂一世豪士。今幾日耳，精悍之色猶見於眉間，而豈山中之人哉！然方山子世有勳閥⑰當得官；使從事於其間今已顯聞⑱。而其家在洛陽，園宅壯麗與公侯等；河北有田，歲得帛千匹，亦足富樂；皆棄不取，獨來窮山中，此豈無得而然哉？

余聞光黃間多異人⑲，往往佯狂垢污，不可得而見，方山子儻⑳見之歟？

## 【註釋】

❶ **方山子** 姓陳，名慥，字季常，宋眉州青神（四川今縣）人。季常妻柳氏性悍妒，季常每宴客有聲妓，柳氏即以杖擊壁大呼，客為散去，東坡有戲季常詩云：「忽聞河東獅子吼，柱杖落手心茫然。」季常遂以懼內著稱於世，今人每稱悍妒之女性為「河東獅吼」，稱懼內者為「有季常癖」，即出於此。

❷ **光黃** 二州名，光州治今河南潢川縣；黃州治今湖北黃岡縣。

❸ **朱家** 魯人，與漢高祖同時。魯人皆以儒教，而朱家用俠聞。家蓄豪士百餘人，曾陰脫

季布之厄；季布後仕漢貴顯，尋覓朱家，終身不見，時人賢之，自關以東，莫不延頸願與之交。

❹ **郭解** 字翁伯，漢軹（河南濟源縣東南）人。為人短小精悍，自喜為俠，以德報怨。屢犯公法，均得赦脫。後因殺人，亡命太原，被逮死。

❺ **宗之** 以之為首領。

❻ **折節** 改變平日志向之意。折，屈也；節，志節也。

❼ **馳騁** 活動、奔走之意。《晉書・潘尼傳》：「馳騁乎當塗之務。」

❽ **遯** 同遁，音ㄉㄨㄣˋ，隱去。

❾ **岐亭** 位於今湖北麻城縣西南七十里。

❿ **庵居蔬食** 庵，居住草舍。庵，同菴，結草為廬。蔬食，粗飯。

⓫ **方山冠** 《後漢書・輿服志》：「方山冠似進賢冠，以五采縠為之，祠宗廟大予、八佾、四時、五行，樂人服之。」唐宋時為隱士之冠。

⓬ **矍然** 驚視貌。矍，音ㄐㄩㄝˊ。

⓭ **蕭然** 空虛清靜貌。《世說・品藻》：「門庭蕭寂，居然有名士風流。」

⓮ **聳然** 驚動貌。

⓯ **岐山** 位於四川省岐山縣。

⓰ **怒馬** 使馬奮力奔馳。怒，奮也。《莊子・逍遙遊》：「怒而飛。」

⑰ **勳閥** 謂官宦之家。勳，功勳；閥，門弟。古時有功勳大臣，皆書功狀榜於門左，故稱勳閥。

⑱ **顯聞** 顯，達也，謂居上位也。《孟子・離婁》：「而未嘗有顯者來。」疏：「言未嘗有富貴顯達者來家中。」聞，名譽，音ㄨㄣˋ。

⑲ **異人** 謂奇異之人也。

⑳ **儻** 同倘，或然之詞，倘或也。

# 賣柑者言

劉基

杭❶有賣果者，善藏柑，涉寒暑不潰❷；出之燁然❸，玉質而金色❹；置於市，賈❺十倍，人爭鬻❻之。予貿❼得其一。剖之，乾若敗絮❽。予怪而問之曰：「若所市❾於人者，將以實籩豆❿，奉祭祀、供賓客乎？將衒⓫外以惑愚瞽⓬乎？甚矣哉，為欺也！」

賣者笑曰：「吾業是有年矣，吾賴是以食⓭吾軀。吾售之，人取之，未嘗有言；而獨不足子所乎？世之為欺者，不寡矣，而獨我也乎？吾子未之思也。今夫佩虎符⓮、坐皋比⓯者，洸洸⓰乎干城之具⓱也，果能授孫、吳之略⓲耶？峨⓳大冠、拕⓴長紳者，昂昂㉑乎廟堂之器㉒也，果能建伊、皋㉓之業耶？盜起而不知御㉔，民困而不知救，吏奸而不知禁，法斁㉕而不知理，坐糜廩粟㉖而不知恥。觀其坐高堂、騎大馬、醉醇醴㉗而飫㉘肥鮮者，孰不巍巍㉙乎可畏，赫赫㉚乎可象㉛也！又何往而不金玉其外、敗絮其中也哉？今子是之不察而以察吾柑！」

予默然無以應。退而思其言，類東方生㉜滑稽㉝之流。豈其忿世疾邪㉞者耶？而託於柑以諷耶？

【註釋】

❶ **杭** 杭州，今屬浙江省。

❷ **潰** 潰爛，音ㄎㄨㄟˋ。

❸ **燁然** 光彩燦爛貌。燁音ㄧㄝˋ。

❹ **玉質而金色** 柑之內在質地像玉一樣潤滑，外在顏色像黃金一樣亮麗。

❺ **賈** 同價，價格。

❻ **鬻** 買也，音ㄩˋ。

❼ **貿** 買也。

❽ **敗絮** 破舊棉絮。

❾ **市** 賣也。

❿ **籩豆** 籩與豆皆為祭祀燕享時之禮器。竹製曰籩，木製曰豆。

⑪ **衒** 誇耀也。

⑫ **愚瞽** 愚，愚笨。瞽，瞎子。

⑬ **食** 供養也，音ㄙˋ，同飼。

⑭ **虎符** 虎形兵符。古代軍中所用之信物。

⑮ **皋比** 虎皮，音ㄍㄠ ㄆㄧˊ。此指用虎皮所做之坐褥。

⑯ **洸洸** 威武貌。洸音ㄍㄨㄤ。

⑰ **干城之具** 保衛城池之將才。《詩經》「糾糾武夫，公侯干城。」干，本義為盾牌，引伸為保衛。具，材具，人才。

⑱ **孫、吳之略** 孫武、吳起之謀略。孫、吳，指孫武、吳起，皆古代著名之軍事家。

⑲ **峨** 高聳貌。

⑳ **拕** 同拖。

㉑ **昂昂** 高貴貌。

㉒ **廟堂之器** 朝廷之重臣。廟堂，宗廟、朝堂；此指朝廷。器、具，皆指有才幹之人才。

㉓ **伊、皋** 伊尹，名摯，商湯賢相，曾輔佐湯攻滅夏桀。皋陶，一作咎繇，為舜之刑官。

㉔ **御** 通禦，制止，抵抗。

㉕ **斁** 敗壞也，音ㄉㄨˋ。

㉖ **廩粟** 國家倉庫裏的糧食。此指俸祿。

㉗ **醇醴** 味道純厚的美酒，音ㄔㄨㄣˊ ㄌㄧˇ。

㉘ **飫** 飽食也，音ㄩˋ。

㉙ **巍巍** 高大貌。

㉚ **赫赫** 顯耀氣盛貌。

㉛ **象** 效法。

㉜ **東方生** 指東方朔，字曼倩，漢武帝時官太中大夫，長於辭賦，常以詼諧之言，寓諷諫之意。

㉝ **滑稽** 詼諧也，音ㄍㄨˇ ㄐㄧ。

㉞ **忿世疾邪** 憤慨於不善世事，憎恨於邪惡之人。

# 先妣事略

歸有光

先妣周孺人❶，弘治❷元年二月十一日生。年十六來歸❸。踰年生女淑靜；淑靜者大姊也。期❹而生有光。又期而生女、子：殤❺一人，期而不育者一人。又踰年生有尚，妊十二月。踰年生淑順。一歲又生有功。有功之生也，孺人比乳❻他子加健。然數顰蹙❼顧諸婢曰：「吾為多子苦！」老嫗以杯水盛二螺進，曰：「飲此後妊不數矣。」孺人舉之盡，喑❽不能言。正德❾八年五月二十三日，孺人卒。諸兒見家人泣則隨之泣，然猶以為母寢也。傷哉！於是家人延畫工畫，出二子，命之曰：「鼻以上畫有光，鼻以下畫大姊。」以二子肖❿母也。

孺人諱⓫桂。外曾祖諱明；外祖諱行，太學生⓬；母何氏。世居吳家橋，去縣城東南三十里。由千墩浦⓭而南，直⓮橋並⓯小港以東，居人環聚，盡周氏也。外祖與其三兄皆以貲雄⑯；敦尚簡實，與人姁姁⑰說村中語，見子弟甥姪無不愛。

孺人之⑱吳家橋則治木棉；入城則緝纑⑲；燈火熒熒⑳，每至夜分㉑。外祖不二日使人問遺㉒。孺人不憂米、鹽，乃勞苦若不謀夕。冬月鑪火炭屑，使婢子為團，累累暴㉓階下。室靡棄物，家無閒人。兒女大者攀衣，小者乳抱，手中紉綴㉔不輟，戶內灑然㉕。遇童僕有恩，雖至箠楚㉖皆不忍有後言。吳家橋歲致魚、蟹、餅餌，率㉗人人得食。家中人聞吳家橋人至皆喜。

有光七歲，與從兄有嘉入學。每陰風細雨，從兄㉘輒留；有光意戀戀㉙，不得留也。孺人中夜覺寢，促有光暗誦孝經㉚，即熟讀無一字齟齬㉛乃喜。

孺人卒，母何孺人亦卒。周氏家有羊狗之痾㉜：舅母卒；四姨歸顧氏又卒，死三十人而定；惟外祖與二舅存。

孺人死十一年，大姊歸王三接㉝，孺人所許聘者也。十二年，有光補學官弟子㉞。十六年而有婦，孺人所聘者也。期而抱女，撫愛之，益念孺人。中夜與其婦泣，追惟一二彷彿如昨，餘則茫然矣。世乃有無母之人，天乎！痛哉！

——震川文集——

## 【註釋】

❶ **孺人** 《禮記・曲禮下》：「天子之妃曰后，諸侯曰夫人，大夫曰孺人。」明代職官妻七品封孺人，後以為婦人之尊稱。

❷ **弘治** 明孝宗年號。

❸ **歸** 女子出嫁曰歸。

❹ **期** 滿一年。期音ㄐㄧ。

❺ **殤** 未成人而夭折。殤音ㄕㄤ。

❻ **乳** 哺乳餵養。

❼ **數顰蹙** 常常皺著眉頭，憂愁不快樂。數，屢次，常常，音ㄕㄨㄛˋ。顰，攢聚眉頭，音ㄆㄧㄣˊ。蹙，皺額頭，音ㄘㄨˋ。

❽ **唈** 失聲，音ㄧㄣ。

❾ **正德** 明武宗年號。

❿ **肖** 相像。

⓫ **諱** 古人不直稱已死尊長之名而稱諱。音ㄏㄨㄟˋ。

⓬ **太學生** 在國子監讀書的學生。漢代稱太學，明代稱國子監。

⓭ **千墩浦** 今江蘇省崑山縣東南三十六里。

⓮ **直** 當、對。

⓯ **並** 依傍也。並通傍，音ㄅㄤˋ。

⓰ **以貲雄** 以財富稱雄一時一地。貲，財富，音ㄗ。

⓱ **姁姁** 和藹可親的樣子。音ㄒㄩˇ。

⓲ **之** 至，到也。

⓳ **緝纑** 接麻成線。緝，劈麻接成線，音ㄑㄧˋ。纑，線縷，音ㄌㄨˊ。

⓴ **熒熒** 燈火微明的樣子。音ㄧㄥˊ。

㉑ **夜分** 夜半。

㉒ **問遺** 贈送禮物。遺音ㄨㄟˋ。

㉓ **暴** 曝曬。暴同曝，音ㄆㄨˋ。

㉔ **紉綴** 縫紉補綴。綴，連接、縫補，音ㄓㄨㄟˋ。

㉕ **灑然**　整潔的樣子。

㉖ **箠楚**　用杖責打。箠，杖，音ㄔㄨㄟˊ。楚，荊木。

㉗ **率**　大都，大概。

㉘ **從兄**　堂兄弟，從音ㄗㄨㄥˋ。

㉙ **戀戀**　愛慕也。

㉚ **孝經**　宣揚人子孝道和孝治思想的儒家經典。

㉛ **齟齬**　本為牙齒不整齊，引申為不順暢。音ㄐㄩˇ ㄩˇ。

㉜ **羊狗之痾**　由羊狗染疫而蔓延到人的傳染病。痾，疾病，音ㄜ。

㉝ **王三接**　字汝康，江蘇太倉人，進士及第，曾任河東都轉運使。

㉞ **補學官弟子**　即中秀才。

# 左忠毅公逸事

方苞

先君子❶嘗言：「鄉先輩左忠毅公❷。視學京畿❸，一日，風雪嚴寒，從數騎出，微行❹入古寺。廡❺下一生伏案臥，文方成草。公閱畢，即解貂❻覆生，為掩戶，叩❼之寺僧，則史公可法❽也。及試，吏呼名，至史公，公瞿然❾注視；呈卷，即面署第一❿。召入，使拜夫人曰：『吾諸兒碌碌⓫，他日繼吾志事，惟此生耳。』」

「及左公下廠獄⓬，史朝夕窺獄門外。逆閹⓭防伺⓮甚嚴，雖家僕不得近。久之，聞左公被炮烙⓯，旦夕且死，持五十金，涕泣謀於禁卒⓰。卒感焉。一日，使史公更敝衣草屨，背筐，手長鑱⓱，為除不潔者，引入，微指⓲左公處，則席地倚牆而坐，面額焦爛不可辨，左膝以下筋骨盡脫矣。史前跪，抱公膝而嗚咽。公辨其聲而目不可開，乃奮臂以指撥眥⓳，目光如炬，怒曰：『庸奴！此何地也？而汝來前。國家之事糜爛至此，老夫已矣！汝復輕身而昧大義⑳，天下事誰可支拄㉑者？不速去，無俟姦人構陷㉒，吾今即撲殺汝！』因摸地上刑械作投擊勢。史噤㉓不敢發聲，趨而出。後常流涕述其事以語㉔人曰：『吾師㉕肺肝，皆鐵石所鑄造也。』」

「崇禎㉖末，流賊張獻忠㉗出沒蘄、黃、潛、桐㉘間，史公以鳳廬道奉檄守禦㉙，每有警，輒數月不就寢，使將士更休，而自坐幄幕㉚外，擇健卒十人，令二人蹲踞而背倚之，漏鼓移㉛則番代㉜。每寒夜起立，振衣裳，甲上冰霜迸落㉝，鏗然㉞有聲。或勸以少休，公曰：『吾上恐負朝廷，下恐愧吾師也。』史公治兵，往來桐城，必躬造㉟左公第，候太公太母起居㊱，拜夫人於堂上。」

余宗老塗山㊲，左公甥也，與先君子善㊳，謂獄中語乃親得之於史公云。

## 【註釋】

❶ **先君子** 子女對已故父親之尊稱。又稱先君、先父、先考、先嚴、先府君。方苞父名仲舒，號逸巢。

❷ **左忠毅公** 左光斗，明桐城人，字遺直，號浮丘生。萬曆進士，官左僉都御史。因與楊漣上書彈劾宦官魏忠賢，同為所害，死獄中。後追諡忠毅。

❸ **視學京畿** 至京師近郊視察學政。京畿，京師近郊。

❹ **微行** 尊貴者隱藏身分外出巡視，不使人知。

❺ **廡** 正堂兩側廂房。音ㄨˇ。

❻ **貂** 貂皮外衣。貂，音ㄉㄧㄠ，產於我國東北和韓國，皮質輕暖，可以製裘。

❼ **叩** 問也。

❽ **史公可法** 史可法，字憲之，一字道鄰，明祥符人。崇禎元年進士，因攻剿流寇有功，拜南京兵部尚書。清兵南下，可法死守揚州，城陷殉國。

❾ **瞿然** 驚視貌。瞿音ㄐㄩˋ。

❿ **面署第一** 當面簽署第一名。署，題簽。

⓫ **碌碌** 平庸無能貌。

⓬ **廠獄** 明朝東廠所設監獄，天啟年間由魏忠賢掌管。

⓭ **逆閹** 橫暴之宦官。閹，太監，音ㄧㄢ。

⓮ **防伺** 防範探察。

⓯ **炮烙** 以燒紅之金屬燒灼人身之酷刑。音ㄆㄠˊ ㄌㄨㄛˋ。

⓰ **禁卒** 獄卒。

⓱ **手長鑱** 拿撿廢物之長柄鈎鑵。手，動詞用，拿也。鑱音ㄔㄢˊ，鈎鑵。

⓲ **微指** 暗指。

⓳ **眥** 眼眶，音ㄗˋ。

⓴ **昧大義** 不明白大道理。

㉑ **支拄** 支持。拄，音ㄓㄨˇ。

㉒ **構陷** 編造罪名陷害。

㉓ **噤** 閉口，音ㄐㄧㄣˋ。

㉔ **語** 告訴，音ㄩˋ。

㉕ **吾師** 科舉時代，應試得中者稱主考官為座師，自稱門生。可法為左公所錄取考生，故稱左公為吾師。

㉖ **崇禎** 明思宗年號。

㉗ **流賊張獻忠** 聚眾擄掠，居無定所之匪寇，稱流賊或流寇。張獻忠，明延安人。與李自成並起為寇，自稱大西國王。所過擄掠屠殺，後為清兵所滅。

㉘ **蘄黃潛桐** 蘄，今湖北省蘄春、浠水二縣；黃，今湖北省黃岡縣；潛，今安徽省潛山縣；桐，今安徽省桐城縣。

㉙ **以鳳廬道奉檄守禦**　以鳳陽、廬江二府兵備道之官職，奉命守禦。檄，古代官府用以徵召、曉諭之公文，音ㄒㄧˊ。

㉚ **幄幕**　帳幕。

㉛ **漏鼓移**　指經過一更。漏，刻漏。鼓，更鼓。漏鼓為古代計時、報時之器具。

㉜ **番代**　輪番替代。

㉝ **迸落**　散落。迸音ㄅㄥˋ。

㉞ **鏗然**　清脆響亮之聲音。

㉟ **造**　到。

㊱ **候太公太母起居**　向太公、太母請安。太公、太母，指左公之父母。

㊲ **宗老塗山**　宗老，族中長輩。塗山，名文，字爾正。順治年間，隱居江寧，為方苞族祖，著有《塗山集》。

㊳ **善**　友好。

# 八、碑誌類

姚姬傳《古文辭類纂・序目》曰：「碑誌類者，其體本於詩，歌功頌德，其用施於金石。周之時有石鼓刻文，秦刻石於巡狩所經過，漢人作碑文又加以序。序之體，蓋秦刻琅邪具之矣。茅順甫譏韓文公碑序異史遷，此非知言，金石之文自與史家異體，如文公作文，豈必以效司馬氏為功耶？誌者，識也，或立石墓上，或埋之壙中，古人皆曰誌。為之銘者，所以識之之辭也，然恐人觀之不詳，故又為序。世或以石立墓上曰碑、曰表；埋乃曰誌；及分誌、銘二之，獨呼前序曰誌者，皆失其義，蓋自歐陽公不能辨矣！墓誌文錄者尤多，今別為下篇。」

**按**：劉勰《文心雕龍・誄碑篇》以為碑之起源在於古帝王之封禪刻石，以為記功德之用，如秦始皇泰山刻石。又有廟碑，如蘇軾〈潮洲韓文公廟碑〉。墓碑、墓誌，則昉自廟碑。初僅用木，一則以識日影，一則以繫牲。後乃代之以石而刻文字，又由廟移之於墓。墓碑亦名墓碣。碑方，五品以上用之；碣圓，六品以下用之。又稱墓表，如〈謁者景君墓表〉。又稱神道碑；神道即墓前道路，以其為冢中神道，如韓愈〈許國公神道碑〉。亦僅稱神碑者，如〈張公神碑〉。或曰阡表，如歐陽修〈瀧岡阡表〉。或曰靈表，如汪中〈鄒孺人靈表〉。墓誌所以刻石而埋諸壙中，因慮陵谷變遷，人事更動，將來或被發掘，故預為誌之，使後人識為誰之墳墓。或僅有銘，或前加序，亦有僅記序而無銘辭者。其異名尤多：未葬而暫厝者曰權厝誌；既葬而再誌者曰續誌、後誌；死於異鄉而歸葬者曰歸祔志；遷葬而作誌者曰遷葬誌；刻於石槨之蓋者曰蓋石文；刻於磚者曰墓磚文；用於和尚者曰塔銘、塔記；又曰葬誌、墳記、壙記、壙銘、槨銘、埋銘。

# 柳州羅池廟碑

韓　愈

羅池廟❶者，故刺史柳侯❷廟也。

柳侯為州，不鄙夷其民❸。動以禮法❹。三年，民各自矜奮❺。茲土雖遠京師，吾等亦天氓。今天幸惠仁侯，若不化服，我則非人；於是老少相教語莫違侯令。凡有所為於其鄉閭及於其家，皆曰：吾侯聞之得無不可於意否，莫不忖度❻而後從事。凡令之期，民勸趨之，無有後先❼，必以其時。於是民業有經❽，公無負租。流逋❾四歸，樂生興事。宅有新屋，步❿有新船，池園潔修。豬牛鴨雞肥大蕃息⓫。子嚴父詔⓬，婦順夫指⓭。嫁娶葬送各有條法。出相弟長⓮，入相慈孝。先時民貧，以男女相質⓯，久不得贖盡沒為隸。我侯之至，按國之故，以傭⓰除本，悉奪歸之。大修孔子廟，城郭巷道皆治使端正，樹以名木。柳民既皆悅喜。

嘗與其部將魏忠、謝寧、歐陽翼飲酒驛亭。謂曰：吾棄於時而寄於此，與若等好也。明年吾將死⓱，死而為神。後三年為廟祀我。及期而死。三年⓲孟秋辛卯，侯降於州之後堂，歐陽翼等見而拜之。其夕夢翼而告曰：「館我於羅池。」其月景辰⓳廟成，大祭，過客李儀醉酒，慢侮堂上，得疾，扶出廟門即死。

明年春，魏忠、歐陽翼使謝寧來京師，請書其事於石。余謂柳侯生能澤其民，死能驚動福禍之，以食⓴其土，可謂靈也已。作迎享送神詩遺柳民，俾歌以祀焉，而并刻之。

柳侯，河東人，諱宗元，字子厚，賢而有文章，嘗位於朝，光顯矣，已而擯不用。

其辭曰：荔子丹兮蕉黃，雜肴蔬兮進侯堂。侯之船兮兩旗，度中流兮風泊㉑之，待侯不來兮不知我悲。侯乘駒㉒兮入廟，慰我民兮不嚬㉓以笑。鵝之山兮柳之水，桂樹團團㉔兮白石齒齒㉕。侯朝出游兮暮來歸，春與猨㉖

吟兮秋鶴與飛。北方之人兮為侯是非，千秋萬歲兮侯無我違。福我兮壽我，驅厲鬼兮山之左。下無苦濕兮高無乾，秔稌充羡㉗兮蛇蛟結蟠㉘。我民報事兮無怠其始，自今兮欽於世世。

## 【註　釋】

❶ **羅池廟**　廟在廣西馬平縣，祀唐刺史柳宗元。

❷ **柳侯**　即柳宗元，嘗為柳州刺史。

❸ **不鄙夷其民**　不以鄙野蠻夷之民視之。

❹ **動以禮法**　一切政治活動皆依禮法而行。《論語・衛靈公》：「知及之，仁能守之，莊以涖之，動之不以禮，未善也。」

❺ **矜奮**　安份奮發。矜，以理自持。

❻ **忖度**　思考推測也。《詩・小雅・巧言》：「他人有心，予忖度之。」

❼ **無有後先**　即無有落後者。「後先」，為雙義仄用法，但取「後」之義，「先」為配字。

❽ **民業有經**　人民皆有固定職業。經，常也。

❾ **流逋**　逃亡也。逋，逃亡，音ㄅㄨ。

❿**步**　《述異記》：「吳楚間謂浦為步，後人遂作埠。」浦，水濱，音ㄆㄨˇ。

⓫**蕃息**　滋長也。

⓬**詔**　《呂氏春秋·審分篇》高注：「詔，教也。」

⓭**指**　指通恉，《說文》：「指，意也。」

⓮**弟長**　善事兄長曰悌。悌、弟通。

⓯**質**　典押以取信曰質，音ㄓˋ。

⓰**傭**　受顧於人。

⓱**明年吾將死**　〈柳子厚墓誌銘〉云：「元和十四年十一月八日卒。」

⓲**三年**　長慶三年。

⓳**景辰**　即丙辰。唐避高祖父李昞諱，以景代丙。

⓴**食**　廟食也，謂饗食於廟也。

㉑**泊**　飄泊也，凡物隨水飄流謂之飄泊。亦作漂泊。

㉒**駒**　馬少而壯曰駒，音ㄐㄩ。

㉓**嚬**　同顰，眉蹙貌，音ㄆㄧㄣˊ。

㉔**團團**　圓貌。班婕妤〈怨詩行〉：「裁成合歡扇，團團似明月。」

㉕**齒齒**　石排列貌。

㉖**猨**　同猿，音ㄩㄢˊ。

㉗ **秔稌充羨** 猶言稻穀豐收。秔，稻之不粘而晚熟者，音ㄍㄥ。稌，糯稻也，俗作粳，音ㄊㄨˊ。羨，盈滿有餘。

㉘ **結蟠** 隱藏埋伏。蟠，埋伏，音ㄆㄢˊ。

# 柳子厚墓誌銘

韓　愈

子厚，諱❶宗元。七世祖慶為拓跋魏侍中，封平齊公。六世祖旦為周中書侍郎，封濟陰公❷。曾伯祖奭❸為唐宰相，與褚遂良、韓瑗，俱得罪武后❹，死高宗朝。皇考諱鎮❺，以事母棄太常博士，求為縣令江南；其後以不能媚權貴失御史。權貴人死乃復拜侍御史，號為剛直。所與游皆當世名人。

子厚少精敏，無不通達。逮其父時，雖少年已自成人，能取進士第❻，嶄然見頭角❼，衆謂柳氏有子矣。其後以博學宏詞❽，授集賢殿正字❾。儁傑廉悍❿，議論證據今古，出入經史百子，踔厲風發⓫，率常屈其座人，名聲大振，一時皆慕與之交；諸公要人爭欲令出我門下，交口⓬薦譽之。

貞元⓭十九年，由藍田尉⓮拜監察御史⓯。順宗⓰即位，拜禮部員外郎

⑰。遇用事者得罪⑱，例出為刺史⑲；未至，又例貶永州司馬⑳。居閑，益自刻苦，務記覽、為詞章，汎濫停蓄㉑，為深博無涯涘㉒，而自肆於山水間。元和中，嘗例召至京師，又偕出為刺史；而子厚得柳州㉓。既至，嘆曰：「是豈不足為政邪？」因其土俗，為設教禁，州人順賴。其俗以男女質㉔錢，約不時贖，子本相侔㉕則沒為奴婢。子厚與設方計悉令贖歸；其尤貧力不能者，令書其傭，足相當則使歸其質。觀察使㉖下其法於他州，比㉗一歲，免而歸者且千人。衡湘以南㉘為進士者皆以子厚為師。其經承子厚口講指畫為文詞者，悉有法度可觀。

其召至京師而復為刺史也，中山劉夢得禹錫㉙亦在遣中，當詣播州。子厚泣曰：「播州非人所居，而夢得親在堂，吾不忍夢得之窮，無辭以白其大人；且萬無母子俱往理。」請於朝，將拜疏，願以柳易播，雖重得罪死不恨；遇有以夢得事白上者，夢得於是改刺連州㉚。嗚呼！士窮乃見節義。今夫平居里巷相慕悅，酒食游戲相徵逐㉛，詡詡㉜強笑語以相取下㉝，握手出肺肝相示㉞，指天日涕泣，誓生死不相背負，真若可信；一旦臨小利害僅如毛髮比，反眼若不相識，落陷穽不一引手救，反擠之又下石焉者皆是也。此宜禽獸夷狄所不忍為，而其人自視以為得計；聞子厚之風亦可以少媿矣！

子厚前時少年，勇於為人，不自貴重顧藉㉟，謂功業可立就，故坐廢退；既退又無相知有氣力得位者推挽㊱，故卒死於窮裔㊲，材不為世用，道不行於時也。使子厚在臺省㊳時，自持其身已能如司馬刺史時，亦自不斥；斥時有人力能舉之，且必復用不窮。然子厚斥不久，窮不極，雖有出於人，其文學辭章必不能自力，以致必傳於後如今無疑也。雖使子厚得所願為將相於一時；以彼易此，孰得孰失，必有能辨之者。

子厚以元和十四年十一月八日卒，年四十七。以十五年七月十日，歸葬萬年㊴先人墓側。子厚有子男二人，長曰周六，始四歲；季曰周七，子厚卒乃生。女子二人皆幼。其得歸葬也，費皆出觀察使河東裴君行立㊵。行立有節槩、重然諾，與子厚結交。子厚亦為之盡，竟賴其力。葬子厚於萬年之墓者舅弟盧遵。遵，涿人㊶，性謹慎，學問不厭。自子厚之斥，遵從而家焉，逮其死不去；既往葬子厚，又將經紀其家，庶幾有始終者。

銘曰：「是惟子厚之室㊷，既固既安，以利其嗣人㊸。」

## 【註釋】

❶ **諱** 稱人名字，生者曰名，死者曰諱。

❷ **七世祖慶……封濟陰公** 柳慶字更興，仕宇文周為宜州刺史，封平濟縣公。其子旦，為子厚六世祖，封濟陰公。

❸ **曾伯祖奭** 奭字子邵，高宗時任中書令。後為許敬宗等誣與褚遂良同黨，坐誅。奭，音ㄕˋ。

❹ **與褚遂良韓瑗俱得罪武后** 褚遂良，字登善，錢塘人，唐高宗時官尚書左僕射。高宗欲立武則天為后，遂良力諫，貶愛州刺史，憂鬱而卒。韓瑗，字伯玉，京兆三原人。以上書救遂良，貶振州刺史，卒於貶所。

❺ **皇考諱鎮** 皇考，亡父之稱。鎮，肅宗時任殿中侍御史，忤宰相竇參，貶夔州司馬，及參得罪，復拜侍御史。

❻**取進士第** 德宗貞元九年（西元七九三年），宗元中進士，時年二十一。

❼**嶄然見頭角** 嶄然，高峻貌。見頭角，少年出眾之喻。

❽**博學宏詞** 唐制科名，唐開元十九年始開，以考拔淵博能文之士。貞元十四年（西元七九八年）子厚中博學宏詞科。時年二十六。

❾**集賢殿正字** 唐有集仙殿，開元中改名集賢，掌刊輯經籍，搜求佚書，宋改為集賢院。正字，官名，掌刊正文字。

❿**儁傑廉悍** 儁傑，謂才能出眾。儁，同俊。廉，有操守。悍，勇敢積極。

⓫**踔厲風發** 卓絕之能，猛厲之氣，如風之振發。踔，音ㄓㄨㄛˊ。

⓬**交口** 異口同聲。

⓭**貞元** 德宗年號。

⓮**藍田尉** 藍田，位於今陝西藍田縣西。縣尉，為縣長佐吏，掌捕盜賊，察奸宄。

⓯**監察御史** 官名，掌巡察糾舉等事。

⓰**順宗** 德宗長子。

⓱**禮部員外郎** 官名，掌禮樂學校等事。

⓲**用事者得罪** 用事者，指王叔文、韋執誼。順宗病不能視事，王、韋親寵當權。未幾，憲宗即位，王、韋以專權罪遠貶。

⓳**例出為刺史** 永貞元年（西元八五〇年），柳宗元因依附王、韋之罪，被貶為邵州刺

史。例，法例。

⑳ **貶永州司馬** 永州，今湖南零陵縣。司馬為刺史佐吏。

㉑ **汎濫停蓄** 汎濫，涉獵廣博。停蓄，指涵養之深。

㉒ **涯涘** 指文章內容博大，無邊際。涯涘，水邊。涘，音ㄙˋ。

㉓ **柳州** 今廣西柳城縣。

㉔ **質** 抵押，音ㄓˋ。

㉕ **子本相侔** 利息與本金相等。子，利息。本，母金。侔，相等，音ㄇㄡˊ。

㉖ **觀察使** 官名，唐於諸道設按察使，後改為觀察使，掌巡視州縣，觀察民情風俗。

㉗ **比** 及，到，音ㄅㄧˋ。

㉘ **衡湘以南** 衡，衡山。湘，湘水。指今湖南南部、廣西北部。

㉙ **中山劉夢得禹錫** 劉禹錫，字夢得，彭城人，自言系出漢中山靖王，工詩文，登貞元進士、宏詞二科。元和中，因作詩譏諷當路，貶播州刺史。播州，今貴州省遵義縣。後得御史中丞裴度為言，乃易連州。

㉚ **連州** 今廣東連縣。

㉛ **徵逐** 謂交往密切。徵，召請。逐，追隨。

㉜ **詡詡** 媚好貌。詡，音ㄒㄩˇ。

㉝ **相取下** 相互謙讓。

㉞**出肺肝相示** 意謂竭誠相待。意同「披肝露膽」。

㉟**顧藉** 顧，愛惜。藉，依賴。

㊱**推挽** 推薦引進。

㊲**窮裔** 窮荒邊遠之地。裔，衣邊，音ㄧˋ，引申為邊疆之意。

㊳**臺省** 子厚嘗為集賢殿正字及監察御史，集賢殿屬中書省，御史屬御史臺。

㊴**萬年** 今陝西長安縣東。

㊵**裴君行立** 絳州稷山（今山西稷山縣）人，時為桂管觀察使。

㊶**遵涿人** 遵，子厚母盧氏之弟之子。涿，今河北涿縣。

㊷**室** 墓壙。

㊸**嗣人** 子孫。

# 瀧岡阡表

歐陽修

嗚呼！惟我皇考崇公❶，卜吉❷于瀧岡❸之六十年，其子修始克表於其阡❹；非敢緩也，蓋有待也。

修不幸，生四歲而孤❺。太夫人守節自誓；居窮自力於衣食，以長以教，俾至於成人。太夫人告之曰：「汝父為吏，廉而好施與，喜賓客；其俸祿雖薄，常不使有餘。曰：『毋以是為我累。』故其亡也，無一瓦之覆，一壠之植，以庇而為生；吾何恃而能自守邪？吾於汝父，知其一、二，以有待於汝也。自吾為汝家婦，不及事吾姑；然知汝父之能養也。汝孤而幼，吾不能知汝之必有立；然知汝父之必將有後也。吾之始歸也，汝父免於母喪方逾年，歲時祭祀則必涕泣，曰：『祭而豐，不如養之薄也。』閒御❻酒食則又涕泣，曰：『昔常不足，而今有餘，其何及也！』吾始一、二見之，以為新免於喪適然❼耳；既而其後常然，至其終身未嘗不然。吾雖不及事姑，而以此知汝父之能養也。汝父為吏，嘗夜燭治官書，屢廢而歎。吾問之，則曰：『此死獄也，我求其生不得爾。』吾曰：『生可求乎？』曰：『求其生而不得，則死者與我皆無恨也；矧❽求而有得邪？以其有得，則知不求而死者有恨也。夫常求其生猶失之死；而世常求其死也。』回顧乳者劍❾汝而立於旁，因指而歎曰：『術者❿謂我歲行在戌⓫將死，使其言然，吾不及見兒之立也，後當以我語告之。』其平居教他子弟常用此語，吾耳熟焉故能詳也。其施於外事吾不能知；其居於家無所矜飾，而所為如此，是真發於中者邪！嗚呼！其心厚於仁者邪！此吾知汝父之必將有後也。汝其勉之！夫養不必豐要⓬於孝；利雖不得博⓭於物，要其心之厚於仁。吾不能教汝，此汝父之志也。」修泣而志之不敢忘。

先公少孤力學，咸平⓮三年進士及第。為道州判官⓯，泗綿二州推官⓰；又為泰州⓱判官。享年五十有九，葬沙溪之瀧岡。

太夫人姓鄭氏，考諱德儀，世為江南名族。太夫人恭儉仁愛而有禮；初封福昌縣太君，進封樂安、安康、彭城三郡太君。自其家少微時，治其家以儉約；其後常不使過之，曰：「吾兒不能苟合於世，儉薄所以居患難也。」其後修貶夷陵[18]，太夫人言笑自若，曰：「汝家故貧賤也，吾處之有素矣；汝能安之，吾亦安矣。」自先公之亡二十年，修始得祿而養。又十有二年，列官于朝，始得贈封其親。又十年，修為龍圖閣直學士[19]，尚書吏部郎中[20]，留守南京[21]，太夫人以疾終于官舍，享年七十有二。

又八年，修以非才入副樞密[22]，遂參政事[23]，又七年而罷。自登二府[24]，天子推恩，褒其三世，故自嘉祐[25]以來，逢國大慶必加寵錫[26]。皇曾祖府君[27]累贈金紫光祿大夫[28]、太師、中書令[29]；曾祖妣累封楚國太夫人。皇祖府君[30]累贈金紫光祿大夫、太師、中書令兼尚書令[31]；祖妣累封吳國太夫人。皇考崇公，累贈金紫光祿大夫、太師、中書令兼尚書令；皇妣累封越國太夫人。今上初郊[32]，皇考賜爵為崇國公，太夫人進號魏國。

於是小子修泣而言曰：「嗚呼！為善無不報，而遲速有時，此理之常也。惟我祖考積善成德，宜享其隆，雖不克有於其躬，而賜爵受封，顯榮褒大㉝，實有三朝之錫命㉞，是足以表見於後世，而庇賴㉟其子孫矣。」乃列其世譜具刻于碑，既又載我皇考崇公之遺訓，太夫人之所以教，而有待於修者並揭于阡。俾知夫小子修之德薄能鮮，遭時竊位，而幸全大節不辱其先者，其來有自。

【註釋】

❶ **皇考崇公** 皇，太也，對先人之敬稱。亡父曰考，亡母曰妣。歐陽修父名觀，字仲賓，追贈崇國公，故稱崇公。

❷ **卜吉** 安葬也。《儀禮・喪禮》所記葬地、葬日皆當卜筮，吉然後行事，故謂葬曰「卜吉」。

❸ **瀧岡** 地名，在江西省永豐縣南附近。瀧音ㄕㄨㄤ。

❹ **表於其阡** 立墓碑於墳前。表即墓表，一名墓碑。阡為墓道。墓表所以表彰其人，立於墓前供人瞻仰。

❺**孤** 幼而無父曰孤。

❻**閒御** 偶爾進用。閒，偶爾也，音ㄐㄧㄢˋ。御，進也。

❼**適然** 偶然。

❽**矧** 何況，音ㄕㄣˇ。

❾**劍** 挾於脅下如佩劍的樣子。

❿**術者** 預言吉凶方術之士，如看相、算命之流。

⓫**歲行在戌** 歲星運行在戌年。歲星即木星，其運行十二年一周天，古人據以記年。修父卒於宋真宗大中祥符三年，歲次庚戌。

⓬**要** 求也，期望也，音ㄧㄠ。

⓭**博** 普及也。

⓮**咸平** 宋真宗年號。

⓯**道州判官** 道州今湖南省道縣。判官為節度使、觀察使僚屬。

⓰**泗綿二州推官** 泗州，在今安徽省盱眙縣東北。綿州，今四川省綿陽縣。推官為觀察使、節度使之屬吏。

⓱**泰州** 今江蘇省泰縣。

⓲**夷陵** 今湖北省宜昌縣。

⓳**直學士** 官名。宋制凡官資較淺者初入直館閣為直學士。修於皇祐元年任龍圖閣直學

士。

⑳**郎中** 官名。隋唐以後六部皆置郎中，為諸司之長。

㉑**南京** 宋真宗改宋州為應天府，建為南京，今河南商丘縣。

㉒**副樞密** 為樞密院副使，掌武事。

㉓**參政事** 即為中書省參知政事，宰相之副貳。

㉔**登二府** 登，升也。宋制以中書省與樞密院分掌文武二柄，時稱二府。

㉕**嘉祐** 宋仁宗年號。

㉖**寵錫** 恩寵賞賜。錫，賜也。

㉗**皇曾祖府君** 府君，子孫尊稱其先世之辭。修曾祖名郴。

㉘**金紫光祿大夫** 金紫，金印紫綬，據《宋史・職官志》，金紫光祿大夫為正二品。

㉙**太師中書令** 太師，三公之最尊者。中書令，唐為中書省長官。宋以太師、中書令為贈官，不實授。

㉚**皇祖府君** 修祖父名偃。

㉛**尚書令** 官名。唐為尚書省長官。宋以為兼官或贈官，不實授。

㉜**郊** 祭天也。古時帝王於冬至日在南郊祭天。

㉝**褒大** 褒揚光大。

㉞**錫命** 賜加爵服也。命，加爵服也。

㉟ **庇賴** 庇，庇護。賴，利也，恃也。

# 先母鄒孺人靈表

汪中

母諱維貞。先世❶無錫❷人，明末遷江都❸；凡七支，其六皆絕，故亡其譜系❹。父處士君❺鼐，母張孺人。處士授學於家，母暇日於屏後聽之，由是塾中諸書皆成誦。張孺人蚤❻沒，處士衰耗❼，母盡心奉養，撫二弟有恩，家事以治。及歸於汪，汪故貧，先君子始為贅婿；世父❽將鬻❾其宅，先主❿無所置，母曰：「焉有為人婦不事舅姑⓫者？」請於處士君，割別室奉焉。已而世叔父數人皆來同爨⓬。先君子羸病⓭不治生。母生子女各二，室無童婢，飲食衣屨咸取具一身，月中不寢者恒過半。先君子下世⓮，世叔父益貧，久之散去。母教女弟子數人，且緝屨⓯以為食，猶思與子女相保；直歲大饑，乃蕩然⓰無所託命矣。

再徙北城，所居止三席地，其左無壁，覆之以苫⓱。日常使姊守舍，攜中及妹傫然⑱丐於親故，率⑲日不得一食；歸則藉槀於地⑳。每冬夜號寒，母子相擁，不自意全濟㉑，比㉒見晨光，則欣然有生望焉。迨中入學宮㉓，游藝㉔四方，稍致甘旨㉕之養。母百病交攻，緜歷㉖歲年，竟致不起。嗚呼痛哉！

母忠質慈祥，生平無妄言；接下以恩，多所顧念。方中幼時三族㉗無見卹者。母九死㉘流離，撫其遺孤，至於成立。母稟氣㉙素強不近醫藥。計母生七十有六年，少苦操勞，中苦饑乏，老苦疾疢㉚；重以天屬之乖㉛，人事之湮鬱㉜，蓋終其身尠㉝一日之歡焉。論其摧剝㉞金石可銷，況於血氣㉟？故吾母雖以中壽㊱告終，不得謂其天年之止於是也。

嗚呼！生我之恩，送死之戚，人所同也；家獲再造，而積苦以隕身㊲行路㊳傷之，況在人子？嗚呼痛哉！以乾隆㊴五十二年七月辛丑朔卒，明年三月戊寅，合葬於先君子之墓，哀子㊵中泣血㊶為之表，曰：

嗚呼！汪氏節母，此焉其墓。更百苦以保其後，後之人尚㊷保其封樹㊸。

## 【註釋】

❶ **先世** 祖先也。

❷ **無錫** 今江蘇省無錫縣。

❸ **江都** 今江蘇省江都縣。

❹ **譜系** 家譜，世系。

❺ **處士君** 有學行而隱居不仕者曰處士。鄒鼐以儒生終老，故稱處士君。

❻ **蚤** 古通早。

❼ **衰耗** 衰老虛弱。耗，虛也。

❽ **世父** 伯父。《爾雅・釋親》：「父之昆弟，先生為世父，後生為叔父。」

❾ **鬻** 賣也。音ㄩˋ。

❿ **先主** 祖先之神主。

⓫ **舅姑** 夫之父母。《爾雅・釋親》：「婦稱夫之父曰舅，稱夫之母曰姑。」

⓬ **同爨** 同居共食。爨，炊也，音ㄘㄨㄢˋ。

⓭ **羸病** 瘦弱多病。羸，瘦弱也，音ㄌㄟˊ。

⓮ **下世** 去世也。

⓯ **緝屨** 製鞋。緝，縫製也。屨，麻鞋也，音ㄐㄩˋ。

⑯ **蕩然** 如經洗除，空無所有。蕩，滌除也。

⑰ **苫** 編草如席以覆物者。音ㄕㄢ。

⑱ **傫然** 頹喪貌。傫音ㄌㄟˇ。

⑲ **率** 大概。

⑳ **藉藁於地** 鋪禾草於地，寢臥其上。藉，鋪墊。藁，禾稈。

㉑ **全濟** 安全渡過。

㉒ **比** 及也，音ㄅㄧˋ。

㉓ **入學宮** 入府州縣學為生員（秀才）。學宮，學舍也。按汪中二十歲補附學生。

㉔ **游藝** 游學講藝。

㉕ **甘旨** 美味，每用以稱人子養親之物。

㉖ **緜歷** 纏綿、延續。

㉗ **三族** 父族、母族、妻族。此處泛指親族而言。

㉘ **九死** 極言困厄之多。九為虛數，以表極多。

㉙ **稟氣** 先天之體質。稟，受也。

㉚ **疢疢** 疾病。疢，病也，音ㄔㄣˋ。

㉛ **天屬之乖** 與親人之分離也。天屬，猶天倫也。乖，分離也。按汪母三十八歲而寡，幼子又夭折。

32 **湮鬱** 滯塞不通、不順利。湮、鬱，皆含壅塞不通順之意。

33 **尠** 尟之俗字，同鮮少之鮮，音ㄒㄧㄢˇ。

34 **摧剝** 摧，挫折。剝，傷害。

35 **血氣** 指血肉之軀。

36 **中壽** 中等之壽命。《淮南子·原道》以七十為中壽。按汪母以七十六歲卒，此言中壽當依《淮南子》。

37 **隕身** 死亡也。隕與殞通。殞，死也，音ㄩㄣˇ。

38 **行路** 不相識之路人。

39 **乾隆** 清高宗年號。

40 **哀子** 母死父存者自稱哀子。

41 **泣血** 謂居三年之喪也。

42 **尚** 希望也。

43 **封樹** 墳墓與樹木。封，聚土以為墳；樹，植樹以標墓。

# 九、雜記類

姚姬傳《古文辭類纂・序目》曰：「雜記類者，亦碑文之屬。碑主於稱頌功德，記則所紀大小事殊。取義各異，故有作序與銘詩全用碑文體者，又有為紀事而不以刻石者。柳子厚紀事小文，或謂之序，然實記之類也。

**按**：雜記類大致可分為九類：

第一、記樓臺亭閣者，如蘇軾〈超然臺記〉。
第二、記寺廟祠觀者，如歐陽修〈穀城縣夫子廟記〉。
第三、記官署學校者，如韓愈〈藍田縣丞廳壁記〉。
第四、記瑣事及軼聞者，如王安石〈傷仲永〉。
第五、記技巧者，如韓愈〈畫記〉。
第六、記遊覽者，如柳宗元山水諸記。
第七、記瑣物者，如蘇洵〈木假山記〉。
第八、日記，如曾國藩〈求闕齋日記〉。

第九、表譜，表如《史記》之年表、月表；《漢書》之八表。譜如《世本》之帝王譜、諸侯譜、洪興祖《韓愈年譜》。其他如鄭玄《詩譜》，又有記物之《花譜》、《茶譜》。

# 袁家渴記

柳宗元

由冉溪❶西南水行十里，山水之可取者五，莫若鈷鉧潭❷。由溪口而西陸行，可取者八九，莫若西山❸。由朝陽巖❹東南水行至蕪江❺，可取者三，莫若袁家渴。皆永❻中幽麗奇處也。

楚越❼之間方言❽謂水之反流者為「渴」——音若「衣褐」之「褐」❾。渴上與南館❿高嶂⓫合，下與百家瀨⓬合。其中重洲、小溪、澄潭、淺渚，間廁⓭曲折，平者深墨，峻者沸白⓮，舟行若窮，忽又無際。有小山出水中，山皆美石，上生青叢⓯，冬夏常蔚然⓰。其旁多巖洞，其下多白礫⓱，其樹多楓⓲、柟⓳、石楠⓴、楩㉑、櫧㉑、樟㉓、柚㉔，草則蘭、芷㉕，又有異卉，類合歡㉖而蔓生，轇轕㉗水石。每風自四山而下，振動大木，掩苒㉘眾草，紛紅駭綠㉙，蓊葧㉚香氣。衝濤旋瀨，退貯谿谷。搖颺葳蕤，與時推移㉛。其大都如此。余無以窮其狀。永之人未嘗遊焉，余得之不敢專也，出而傳於世。其地世主袁氏，故以名焉。

【註釋】

❶ **冉溪** 發源湖南零陵縣南鴉山北，東流入湘水。又名染溪，柳宗元更名為愚溪，並著有〈愚溪詩序〉。

❷ **鈷鉧潭** 位於零陵縣西三里西山西麓。鈷鉧，熨斗，音ㄍㄨˇ ㄇㄨˇ；因潭形似熨斗而得名。

❸ **西山** 位於零陵縣西瀟江邊，山勢極高，可俯視永州附近數州。柳氏著有〈始得西山宴遊記〉。

❹ **朝陽巖** 位於零陵縣西。唐代宗大曆元年（西元七六六），元結以其巖高而東向，於是取名朝陽巖。

❺ **蕪江** 位於零陵縣東。

❻ **永** 即永州，今湖南省零陵縣。

❼ **楚越** 楚，湖南為古代楚地；越乃今之廣東。

❽ **方言** 土話，以其僅限於一方人使用，不能通行各地，故曰方言。

❾ **濶音若衣褐之褐** 《孟子・滕文公》：「許子衣褐。」濶、褐，皆音ㄏㄜˊ。

❿ **南館** 地名。

⓫ **高嶂** 高險之山。

⓬ **百家瀨** 位於零陵縣南，今名百家渡。

⓭ **間廁** 夾雜排列。間，音ㄐㄧㄢˋ。

⓮ **峻者沸白** 水急者白浪滾滾，勢若沸騰。峻，水急。

⓯ **青叢** 叢叢青綠草木。聚木曰叢。

⓰ **蔚然** 草木盛貌。

⓱ **礫** 小石，音ㄌㄧˋ。

⓲ **楓** 落葉喬木，葉掌狀，或三裂，或五裂，至秋而紅。

⓳ **柟** 常綠喬木，葉長橢圓形，經冬不凋，一作楠，音ㄋㄢˊ。

⓴ **石楠** 常綠灌木，葉橢圓而滑，背褐色多毛，初夏開淡紅色花。

㉑ **楩** 即黃楩木，音ㄆㄧㄢˊ。

㉑ **櫧** 常綠喬木，樹皮色白，又名石面櫧，音ㄓㄨ。

㉓ **樟** 常綠喬木，葉卵形，質硬而有光，樹可製腦。

㉔ **柚** 常綠灌木，枝有刺，葉為長卵形，音ㄧㄡˋ。

㉕ **蘭芷** 皆香草名。芷，音ㄓˇ。

㉖ **合歡** 落葉喬木，葉為羽狀複葉，入夜即合，故又名合昏，夜合，亦名馬纓花。

㉗ **轇轕** 雜亂貌，音ㄐㄧㄠ ㄍㄜˊ。

㉘ **掩苒** 掩映也，光與影互相照映。

㉙ **紛紅駭綠** 形容紅花綠葉，風吹驚動貌。紛，多而雜亂。駭，驚動。

㉚ **蓊勃** 盛貌，音ㄨㄥˇ ㄅㄛˊ。

㉛ **搖颺葳蕤與時推移** 形容風吹則草木搖動飛揚，風停則靜止低垂，與風隨時改變。搖颺，搖動飛揚。颺，通揚，音ㄧㄤˊ。葳蕤，葉垂之貌，音ㄨㄟ ㄖㄨㄟˊ。推移，猶言轉變。

# 岳陽樓[1]記

范仲淹

慶曆四年[2]春，滕子京[3]謫[4]守巴陵郡[5]。越明年，政通人和[6]，百廢具興[7]，乃重修岳陽樓，增其舊制，刻唐賢今人詩賦於其上；屬[8]予作文以記之。

予觀夫巴陵勝狀[9]，在洞庭一湖[10]。銜遠山[11]，吞長江[12]，浩浩湯湯[13]，橫無際涯[14]；朝暉夕陰，氣象萬千[15]；此則岳陽樓之大觀[16]也，前人之述備矣。然則北通巫峽[17]，南極瀟湘[18]，遷客騷人[19]多會於此，覽物之情得無異乎？

若夫霪雨霏霏[20]，連月不開；陰風怒號，濁浪排空[21]；日星隱耀[22]，山岳潛形[23]；商旅不行，檣傾楫摧[24]；薄暮冥冥[25]，虎嘯猿啼；登斯樓也，則有去國懷鄉[26]、憂讒畏譏[27]、滿目蕭然[28]、感極而悲者矣。

至若春和景明㉙，波瀾不驚㉚，上下天光，一碧萬頃；沙鷗翔集㉛，錦鱗㉜游泳，岸芷汀蘭㉝，郁郁青青㉞。而或長煙一空㉟，皓月千里㊱，浮光躍金㊲，靜影沈璧㊳，漁歌互答，此樂何極！登斯樓也，則有心曠神怡㊴、寵辱偕忘㊵、把酒臨風，其喜洋洋㊶者矣。

嗟夫㊷！予嘗求古仁人之心，或異二者之為㊸，何哉？不以物喜，不以己悲㊹，居廟堂之高㊺則憂其民；處江湖之遠㊻則憂其君。是進亦憂，退亦憂；然則何時而樂耶？其必曰：「先天下之憂而憂，後天下之樂而樂」㊼乎！噫㊽！微斯人㊾，吾誰與歸㊿！時六年九月十五日。

## 【註　釋】

❶ **岳陽樓**　位於湖南省岳陽城西門上，登樓可俯瞰洞庭湖。唐岳州刺史張說創建此樓。宋滕宗諒重修，范仲淹作記；蘇舜欽繕寫，邵竦篆額，號稱四絕。

❷ **慶曆四年**　慶曆，宋仁宗年號，四年為西元一〇四四年。

❸ **滕子京**　名宗諒，河南人，與仲淹同年進士，官天章閣待制。

❹ **謫**　貶官。

❺ **巴陵郡** 郡名，今湖南省岳陽縣。

❻ **政通人和** 政事通順，人心和睦。

❼ **百廢具興** 許多荒廢事務皆興辦起來。具，通俱。

❽ **屬** 同囑，音ㄓㄨˇ，請託。

❾ **勝狀** 美景。

❿ **洞庭湖** 位於湖南省岳陽縣，周圍四百餘里。

⓫ **銜遠山** 洞庭湖中有君山，狀如口中含物。

⓬ **吞長江** 收容長江之水，故曰吞。

⓭ **浩浩湯湯** 浩浩，水勢廣大貌。湯湯，水急流貌，音ㄕㄤ。

⓮ **橫無際涯** 縱橫廣大無邊。橫為縱橫之省略。際涯，邊岸。

⓯ **氣象萬千** 氣候變化極大。

⓰ **大觀** 偉大景物。

⓱ **巫峽** 長江三峽之一，位於四川省巫山縣東，為湖北入四川之門戶。

⓲ **瀟湘** 瀟水，發源湖南省寧遠縣南九疑山，至零陵縣西北入湘水，名曰瀟湘。湘水，發源廣西省興安縣海陽山，經長沙，入洞庭湖。

⓳ **遷客騷人** 被貶降政客、多愁善感詩人。遷，貶降、左遷。騷，憂也。

⓴ **霪雨霏霏** 綿密細雨下了甚久。霪雨，久雨。霪，音ㄧㄣˊ。霏霏，雨綿密狀。

㉑**濁浪排空** 混濁波浪激起空中。排，激起。

㉒**日星隱耀** 日星隱藏其光輝。耀，光輝。

㉓**潛形** 隱藏形跡。

㉔**檣傾楫摧** 帆杜傾倒，槳楫摧折。檣，帆杜，音ㄑㄧㄤˊ。

㉕**薄暮冥冥** 昏暗傍晚。冥冥，昏暗貌。

㉖**去國懷鄉** 離開國都、國君，懷念故鄉。古代君國一體，故去國可解為離開國都、國君。

㉗**憂讒畏譏** 憂慮詆毀，畏懼諷刺。讒，詆毀，音ㄔㄢˊ。譏，諷刺。憂由猿啼來；畏由虎嘯來。

㉘**蕭然** 蕭條淒涼貌。

㉙**春和景明** 春氣溫和，景色鮮明。

㉚**波瀾不驚** 波瀾，波浪。不驚，不動也，即平靜。

㉛**翔集** 翔，飛也。集，集合也。一說棲止。

㉜**錦鱗** 魚鱗光彩美麗如錦，故稱錦鱗。鱗，魚類總稱。

㉝**岸芷汀蘭** 芷、蘭，皆香草名。汀，水邊平地，音ㄊㄧㄥ。

㉞**郁郁青青** 郁郁，香氣射散貌。司馬相如賦：「郁郁菲菲，眾香發越」。青青，音ㄐㄧㄥ ㄐㄧㄥ，茂盛貌。《詩・衛風・淇澳篇》：「綠竹青青」。

㉟**長煙一空** 萬里長空，雲煙盡散。一，盡、全也。

㊱ **皓月千里** 光明潔白月亮，普照天下。皓，光明潔白。

㊲ **浮光躍金** 浮現水面之月光，如金光閃爍，跳躍水面。

㊳ **靜影沈璧** 月影倒映平靜水中，如下沈璧玉之美。

㊴ **心曠神怡** 心胸開闊，精神愉快。

㊵ **寵辱偕忘** 得意、失意之事皆忘盡。

㊶ **洋洋** 欣喜得意貌。

㊷ **嗟夫** 感嘆詞，猶白話「唉啊」。

㊸ **或異二者之為** 二者，指以物喜與以己悲者。為，作法。

㊹ **不以物喜不以己悲** 不因外物美好而喜，不因己身遭遇困厄而悲。

㊺ **居廟堂之高** 居處於崇高朝廷為官。

㊻ **處江湖之遠** 居處於偏僻遙遠鄉野。

㊼ **先天下之憂而憂後天下之樂而樂** 二語本於孟子對齊宣王語：「樂以天下，憂以天下」。

㊽ **噫** 嘆詞，猶白話「唉」。

㊾ **微斯人** 微，無也。斯人，指先憂後樂之仁人。

㊿ **吾誰與歸** 即「吾歸與誰」之倒文。歸與，歸附，歸向。一說「吾歸誰與」之倒文。與，歟也，語末助詞。

# 醉翁亭記

歐陽修

環滁❶皆山也。其西南諸峰林壑尤美。望之蔚然而深秀者瑯琊❷也。山行六七里，漸聞水聲潺潺而瀉出于兩峰之間者，釀泉❸也。峰回路轉，有亭翼然臨於泉上者，醉翁亭也。作亭者誰？山之僧智僊也。名之者誰？太守❹自謂也。太守與客來飲于此，飲少輒醉而年又最高，故自號曰醉翁也。醉翁之意不在酒，在乎山水之間也。山水之樂，得之心而寓之酒也。

若夫日出而林霏開，雲歸而巖穴暝，晦明變化者，山間之朝暮也。野芳發而幽香，佳木秀而繁陰，風霜高潔，水落而石出者，山間之四時也。朝而往，暮而歸，四時之景不同，而樂亦無窮也。

至於負者歌於塗，行者休於樹，前者呼，後者應，傴僂❺提攜❻，往來而不絕者，滁人遊也。臨溪而漁，溪深而魚肥；釀泉為酒，泉香而酒洌；

山肴野蔌雜然而前陳者，太守宴也。宴酣之樂非絲非竹，射者中❼，弈者勝，觥籌❽交錯，起坐而喧譁者，眾賓懽也。蒼顏白髮頹然乎其間者，太守醉也。

已而，夕陽在山，人影散亂，太守歸而賓客從也。樹林陰翳，鳴聲上下，遊人去而禽鳥樂也。然而禽鳥知山林之樂，而不知人之樂；人知從太守遊而樂，而不知太守之樂其樂也。醉能同其樂，醒能述以文者，太守也。太守謂誰？廬陵❾歐陽脩也。

## 【註釋】

❶ **滁** 滁州，隋置，宋以後仍之，今安徽省滁縣。

❷ **瑯琊** 亦作「瑯琊」，又作「瑯邪」，山名，在安徽省滁縣西南。

❸ **釀泉** 一本作「讓泉」。

❹ **太守** 官名，秦置治郡之官曰守，漢改為太守，歷代因之；宋以後廢，惟俗亦稱知府為太守。

❺ **傴僂** 音ㄩˇ ㄌㄡˊ，躬腰曲背。此指老人。

❻ **提攜** 謂牽引以行。此指小孩。

❼ **射者中** 《歐陽脩居士外集》有〈九射格〉一文，其制為「一大侯而寓以八侯（侯為射布，即箭靶），熊當中，虎居上，鹿居下，雕雉猿居右，雁兔魚居左，而物各有籌，射中其物，則視籌所在而飲之。」大約如今日射靶計分之遊戲。一說，古代主客燕飲相娛樂，每有投壺之事，壺頸長七寸，腹長五寸，口徑二寸半，容斗五升，距離席位二矢半遠。見《禮記·投壺·少儀篇》。

❽ **觥籌** 觥，酒器，大七升，以兕角為之。籌，行酒令時用來計數的東西，即籌碼。

❾ **廬陵** 今江西吉安縣。

# 石鐘山記

蘇　軾

《水經》❶云：「彭蠡❷之口有石鐘山焉。」酈元❸以為「下臨深潭，微風鼓浪，水石相搏，聲如洪鐘」；是說也人常疑之。今以鐘磬❹置水中，雖大風浪不能鳴也，而況石乎！至唐李渤❺始訪其遺蹤，得雙石於潭上，扣而聆❻之，南聲函胡❼，北音清越❽，枹止響騰❾，餘韻❿徐歇；自以為得之矣。然是說也余尤疑之，石之鏗然⓫有聲者所在皆是也，而此獨以鐘名何哉？

元豐七年⓬六月丁丑，余自齊安⓭舟行適臨汝⓮，而長子邁⓯將赴饒之德興尉⓰，送之至湖口，因得觀所謂石鐘者。寺僧使小童持斧，於亂石間擇其一二扣之，硿硿然⓱；余固笑而不信也。至其夜月明，獨與邁乘小舟至絕壁下。大石側立千尺，如猛獸奇鬼，森然欲搏人⓲；而山上棲鶻⓳聞人聲亦驚起，磔磔⑳雲霄間；又有若老人欬㉑且笑於山谷中者，或曰：「此鸛鶴㉒也。」余方心動欲還，而大聲發於水上，噌吰㉓如鐘鼓不絕。舟人大恐。徐而察之，則山下皆石穴罅㉔，不知其淺深；微波入焉，涵澹澎湃㉕而為此也。舟迴至兩山間，將入港口，有大石當中流，可坐百人，空中而多竅，與風水相吞吐，有窾坎鏜鞳㉖之聲，與向之噌吰者相應，如樂作焉。因笑謂邁曰：「汝識之乎？噌吰者，周景王之無射㉗也；窾坎鏜鞳者，魏獻子之歌鐘㉘也；古之人不余欺也。」

事不目見耳聞而臆斷其有無可乎？酈元之所見聞殆與余同，而言之不詳。士大夫終不肯以小舟夜泊絕壁之下，故莫能知；而漁工水師㉙雖知而不能言；此世所以不傳也。而陋者乃以斧斤考擊而求之，自以為得其實。余是以記之，蓋歎酈元之簡，而笑李渤之陋也。

## 【註釋】

❶ **水經** 前漢成帝至王莽間人桑欽所撰，凡三卷。魏酈道元作注，共四十卷，為我國研究

古代地理之重要著作。其寫景之美，尤冠絕古今。

❷ **彭蠡** 湖名，《書經·禹貢》稱彭蠡，今稱鄱陽湖，位於江西省。蠡，音ㄌㄧˇ。

❸ **酈元** 即酈道元，北魏涿人，字善長，官至關右大使，後為叛將蕭寶夤所殺。道元嘗注《水經》，為世所重。

❹ **磬** 石製樂器，相傳為無句氏所作，音ㄑㄧㄥˋ。

❺ **李渤** 唐洛陽人，字濬之。曾任江州刺史，治鄱陽湖水，著有〈辨石鐘山記〉。

❻ **聆** 聽也，音ㄌㄧㄥˊ。

❼ **函胡** 形容聲音宏大。

❽ **清越** 形容聲音清澈遠揚。

❾ **枹止響騰** 鼓槌已停止而聲音猶響起。枹，同桴，鼓槌。

❿ **餘韻** 猶言餘音。

⓫ **鏗然** 金石聲，音ㄎㄥ。

⓬ **元豐七年** 元豐，宋神宗年號。七年（西元一〇八四年），蘇軾四十九歲。

⓭ **齊安** 即黃州，今湖北省黃岡縣。

⓮ **臨汝** 今湖南臨汝縣。

⓯ **邁** 字伯達，官終駕部員外郎。

⓰ **饒之德興尉** 饒，州名。德興，今江西省德興縣。尉，為縣令屬官。

⑰ **硜硜然** 石聲。硜音ㄎㄥ。

⑱ **森然欲搏人** 森然，陰沈可怕之貌。搏，攫取。

⑲ **鶻** 又名鶻鷹，猛禽之一，音ㄍㄨˇ。

⑳ **磔磔** 鳥鳴聲，音ㄓㄜˊ。

㉑ **欬** 同咳，音ㄎㄜˊ，咳嗽也。

㉒ **鸛鶴** 形似鶴、鷺。鸛，音ㄍㄨㄢˋ。

㉓ **噌吰** 鐘聲，音ㄔㄥ ㄏㄨㄥˊ。

㉔ **罅** 空隙，音ㄒㄧㄚˋ。

㉕ **涵澹澎湃** 涵澹，水動貌。澎湃，波浪相激貌，音ㄆㄥ ㄆㄞˋ。

㉖ **窾坎鏜鞳** 窾坎，擊物聲，窾，音ㄎㄨㄢˇ。鏜鞳，鐘鼓聲，音ㄊㄤ ㄊㄚˋ。

㉗ **周景王之無射** 周景王，名貴，靈王子。無射，十二律之一。周景王二十三年鑄無射鐘，事見《國語‧晉語》。射，音ㄧˋ。

㉘ **魏獻子之歌鐘** 魏獻子當作魏莊子，魏絳也，莊為其諡號。歌鐘，乃用於樂歌之編鐘，由十六個小鐘組成。

㉙ **漁工水師** 漁夫水手。

# 超然臺記

蘇　軾

凡物皆有可觀。苟有可觀，皆有可樂，非必怪奇瑋麗❶者也。餔糟啜醨❷皆可以醉；果蔬草木皆可以飽。推此類也，吾安往而不樂？

夫所為求福而辭禍者，以福可喜而禍可悲也。人之所欲無窮，而物之可以足吾欲者有盡；美惡之辨戰乎中❸，而去取之擇交乎前；則可樂者常少，而可悲者常多，是謂求禍而辭福。

夫求禍而辭福，豈人之情也哉？物有以蓋❹之矣。彼遊❺於物之內，而不遊於物之外。物非有大小也，自其內而觀之，未有不高且大者也。彼挾其高大以臨我，則我常眩亂反覆❻，如隙中之觀鬬，又烏知勝負之所在？是以美惡橫生，而憂樂出焉，可不大哀乎！

予自錢塘移守膠西❼，釋舟楫之安，而服車馬之勞；去雕牆之美，而庇采椽❽之居；背湖山之觀，而適桑麻之野。始至之日，歲比不登❾，盜賊滿野，獄訟充斥；而齋廚索然❿，日食杞菊⓫，人固疑予之不樂也。處之期年而貌加豐，髮之白者日以反黑；予既樂其風俗之淳，而其吏民亦安予之拙也。於是治其園圃，潔其庭宇，伐安邱高密⓬之木以修補破敗，為苟完之計⓭。而園之北因城以為臺者舊矣，稍葺⓮而新之。時相與登覽，放意肆志⓯焉。

南望馬耳常山⓰，出沒隱見，若近若遠，庶幾有隱君子乎！而其東則盧山⓱，秦人盧敖⓲之所從遁也。西望穆陵⓳，隱然如城郭，師尚父齊桓公之遺烈⓴猶有存者。北俯濰水㉑，慨然太息，思淮陰㉒之功而弔其不終㉓。

臺高而安，深而明，夏涼而冬溫。雨雪之朝，風月之夕，予未嘗不在，客未嘗不從。擷㉔園蔬，取池魚，釀秫㉕酒，瀹㉖脫粟㉗而食之。曰：「樂哉遊乎！」

方是時，予弟子由㉘適在濟南㉙，聞而賦之㉚，且名其臺曰「超然」，以見予之無所往而不樂者，蓋遊於物之外者也。

## 【註　釋】

❶ **瑋麗**　珍貴美麗。

❷ **餔糟啜醨**　食酒糟飲薄酒。餔，音ㄅㄨ，食。糟，酒滓。啜，音ㄔㄨㄛˋ，飲。醨，薄酒。

❸ **戰乎中**　在心中衝突。

❹ **蓋**　掩蓋、蒙蔽。

❺ **遊**　遊心，涉想。

❻ **眩亂反覆**　迷亂顛倒，不明真象。

❼ **錢塘膠西**　錢塘，古縣名，今杭州。膠西，亦古縣名，在今山東省膠西縣西，此指密州（今山東省諸誠縣）。

❽ **采椽**　采，木名，同棌，即櫟木。椽，音ㄔㄨㄢˊ，棌上承屋瓦的短木。以棌為椽不予刮削，形容房屋簡陋。

❾ **歲比不登**　連年收成不好。比，連續。不登，指收成不好。

❿ **齋廚索然**　廚房無物可食。齋廚，為齋食之廚房，此指廚房而言。索，完盡。

⓫ **杞菊**　枸杞和菊花，其苗葉花實可食用。

⑫ **安邱高密** 安邱，縣名，在今山東省濰坊市東南。高密，縣名，在今山東省諸誠縣北。

⑬ **苟完之計** 苟且偷生的打算。

⑭ **葺** 音ㄑㄧˋ，修補。

⑮ **放意肆志** 放縱意志，馳騁情懷。

⑯ **馬耳常山** 馬耳，山名，位於諸城縣南五里。常山，山名，位於諸城縣南二十里。

⑰ **盧山** 位於諸城縣南三十里，本名故山，因盧敖而更名。

⑱ **盧敖** 燕人，秦始皇使盧敖求神仙，逃而未返，即避難盧山得道，山陽有盧敖洞。

⑲ **穆陵** 關名，故址在今山東臨朐縣東南大峴山上。

⑳ **師尚父齊桓公之遺烈** 師尚父，即呂尚，俗稱姜太公；西周初年官太師，也稱師尚父。太公初封於齊，桓公稱霸於齊，故云遺烈。

㉑ **濰水** 河名，源出山東省五蓮縣西南之箕屋山，流經諸城，至昌邑縣入海。

㉒ **淮陰** 指淮陰侯韓信。曾在濰水擊敗楚軍而定齊。

㉓ **弔其不終** 哀念他不得善終。韓信被呂后謀害於長樂宮鐘室。

㉔ **擷** 音ㄐㄧㄝˊ，採取。

㉕ **秫** 音ㄕㄨˊ，糯米。

㉖ **瀹** 音ㄩㄝˋ，煮。

㉗ **脫粟** 糙米。

㉘ **子由** 東坡弟蘇轍之字，時轍在齊州（濟南）掌書記。

㉙ **濟南** 府名，今山東省濟南市。

㉚ **聞而賦之** 蘇轍聽到這些情況，就寫了一篇〈超然臺賦〉。

# 遊褒禪山記

王安石

褒禪山❶亦謂之華山，唐浮圖❷慧褒❸始舍於其址，而卒葬之，以故其後名之曰褒禪。今所謂慧空禪院者褒之廬冢也。距其院東五里所謂華陽洞者，以其在華山之陽❹名之也。距洞百餘步有碑仆道，其文漫滅❺，獨其為文猶可識曰「花山」，今言華如華實之華者蓋音謬也。

其下平曠，有泉側出，而記遊者甚眾，所謂前洞也。由山以上五六里有穴窈然❻，入之甚寒，問其深，則雖好遊者不能窮也，謂之後洞。余與四人擁火以入，入之愈深，其進愈難，而其見愈奇。有怠而欲出者，曰：「不出，火且盡」；遂與之俱出。蓋予所至比好遊者尚不能什一，然視其左右來而記之者已少；蓋其又深則其至又加少矣。方是時，予之力尚足以入，火尚足以明也。既其出則或咎❼其欲出者，而予亦悔其隨之，而不得極夫遊之樂也。

於是予有歎焉：古人之觀於天地、山川、草木、蟲魚、鳥獸，往往有得；以其求思之深而無不在❽也。夫夷以近則遊者眾；險以遠則至者少；而世之奇偉瑰怪❾非常之觀，常在於險遠而人之所罕至焉；故非有志者不能至也。有志矣不隨以止也，然力不足者亦不能至也；有志與力而又不隨以怠，至於幽暗昏惑❿而無物以相⓫之，亦不能至也。然力足以至焉而不至，於人為可譏，而在己為有悔；盡吾志也而不能至者，可以無悔矣，其孰能譏之乎？此予之所得也！

余於仆碑，又以悲夫古書之不存，後世之謬其傳而莫能名者，何可勝⓬道也哉！此所以學者不可以不深思而慎取之也。

四人者：廬陵⓭蕭君圭君玉⓮；長樂⓯王回深父⓰；余弟安國平父⓱，安上純父⓲。至和⓳元年七月某日，臨川王某記。

——臨川先生文集——

【註釋】

❶ **褒禪山** 山名。原名北山，又名華山，在今安徽省含山縣北。以唐僧慧褒居此而得名。

❷ **浮圖** 印度梵語「佛陀」之異譯，亦作浮屠、佛圖，即佛之意。此處指僧。

❸ **慧褒** 唐高僧之法號。

❹ **陽** 山南水北為陽，山北水南為陰。

❺ **漫滅** 模糊不清。漫，漫漶，不分別貌。滅，消滅。

❻ **窈然** 深遠貌。窈，音ㄧㄠˇ。

❼ **咎** 歸罪，音ㄐㄧㄡˋ。

❽ **在** 察也。

❾ **瑰怪** 奇異也。

❿ **昏惑** 迷亂也。

⓫ **相** 助也，音ㄒㄧㄤˋ。

⓬ **勝** 盡也，音ㄕㄥ。

⓭ **廬陵** 今江西省吉安縣。

⓮ **蕭君圭君玉** 蕭君圭，字君玉，生平不詳。

⓯ **長樂** 今福建省長樂縣。

⑯ **王回深父** 王回，字深父（父音ㄈㄨˇ，同甫）侯官（今林森縣）人。王安石之友。

⑰ **安國平父** 安國，字平父，安石之弟。後為呂惠卿所害，罷官歸。

⑱ **安上純父** 安上，字純父，安石最幼之弟，生平未詳。

⑲ **至和** 宋仁宗年號。

# 項脊軒志

歸有光

項脊軒❶，舊南閤子也。室僅方丈，可容一人居。百年老屋，塵泥滲漉❷，雨澤下注，每移案，顧視無可置者。又北向不能得日，日過午已昏。余稍為修葺❸，使不上漏；前闢四窗，垣牆周庭❹以當南日；日影反照，室始洞然❺。又雜植蘭桂竹木於庭，舊時欄楯❻亦遂增勝。借書滿架，偃仰❼嘯歌，冥然兀坐❽，萬籟有聲❾。而庭階寂寂，小鳥時來啄食，人至不去。三五之夜，明月半牆，桂影斑駁❿，風移影動，珊珊⓫可愛。

然余居於此，多可喜，亦多可悲。先是庭中通南北為一，迨諸父異爨⓬，內外多置小門牆，往往而是。東犬西吠⓭，客踰庖而宴，雞棲於廳。庭中始為籬，已為牆，凡再變矣。

家有老嫗⓮嘗居於此。嫗，先太母⓯婢也，乳二世⓰，先妣⓱撫之甚厚。室西連於中閨，先妣嘗一至。嫗每謂余曰：「某所而⓲母立於茲。」嫗又曰：「汝姊在吾懷呱呱⓳而泣，娘以指扣門扉曰：『兒寒乎？欲食乎？』吾從板外相為應答。」語未畢，余泣，嫗亦泣。余自束髮⓴讀書軒中，一日大母過余，曰：「吾兒久不見若㉑影，何竟日默默在此，大類女郎也？」比㉒去以手闔門㉓，自語曰：「吾家讀書久不效，兒之成則可待乎！」頃之，持一象笏㉔至，曰：「此吾祖太常公㉕宣德㉖間執此以朝，他日汝當用之。」瞻顧遺跡如在昨日，令人長號㉗不自禁。

軒東故嘗為廚，人往從軒前過。余扃牖㉘而居，久之能以足音辨人。軒凡四遭火，得不焚殆有神護者。

項脊生㉙曰：「蜀清㉚守丹穴㉛，利甲天下，其後秦皇帝築女懷清臺㉜；劉玄德與曹操爭天下，諸葛孔明起隴中㉝。方二人之昧昧㉞於一隅也，世何足以知之？余區區㉟處敗屋中，方揚眉瞬目㊱，謂有奇景。人知之者，其謂與埳井之蛙㊲何異？」

予既為此志，後五年吾妻來歸㊳，時至軒中從余問古事，或憑几學書。吾妻歸寧㊴，述諸小妹語曰：「聞姊家有閤子，且何謂閤子也？」其後六年吾妻死，室壞不修。其後二年余久臥病無聊，乃使人復葺南閤子，其制㊵稍異於前。然自後余多在外不常居。庭有枇杷樹，吾妻死之年所手植也；今已亭亭如蓋㊶矣。

## 【註釋】

❶ **項脊軒** 軒為有窗之小房屋。項脊軒乃歸有光之書房，其命名由來有二說：一說有光遠祖歸道隆曾居江蘇太倉縣項脊涇，軒名項脊，有紀念先祖之義。一說房子短小狹窄，如在項脊之間。

❷ **滲漉** 水由孔隙滲漏。音ㄕㄣˋ ㄌㄨˋ。

❸ **修葺** 修補。葺音ㄑㄧˋ。

❹ **垣牆周庭** 建築垣牆將軒前小庭圍繞。垣，牆也，音ㄩㄢˊ。周，動詞，圍繞也。

❺ **洞然** 明亮貌。

❻ **欄楯** 欄杆。直曰欄，橫曰楯。楯音ㄕㄨㄣˇ。

❼ **偃仰** 俯仰也。偃，仆臥也。仰，昂首也。

❽ **冥然兀坐** 冥然靜默貌。兀坐，端坐也。

❾ **萬籟有聲** 義同「萬籟俱寂」，形容極為安靜。萬籟指所有能發出聲音之孔竅。《莊子・齊物論》有「人籟、地籟、天籟」之說，統稱萬籟。

❿ **斑駁** 錯雜也。

⓫ **珊珊** 刑容樹影輕盈搖動貌。

⓬ **諸父異爨** 父親之兄弟曰諸父，即叔伯。異爨，分家各自做飯。爨，炊煮食物也，音ㄘㄨㄢˋ。

⓭ **東犬西吠** 乃「東西犬吠」之錯綜。

⓮ **老嫗** 年老婦人也。嫗音ㄩˋ。

⓯ **先太母** 去世之祖母。稱去世之長輩須加先，去世之晚輩加亡。

⓰ **乳二世** 餵奶兩代。乳，此處當動詞用，餵奶也。

⓱ **先妣** 已去世之母親。妣音ㄅㄧˇ。

⓲ **而** 通爾，你也。

⓳ **呱呱** 小兒啼哭聲音。呱音ㄍㄨ，語音ㄨㄚ。

⓴ **束髮** 古人以十五歲為成童之年，盤束頭髮於頭頂。

㉑ **若** 你也。

㉒ **比** 等到。音ㄅㄧˋ。

㉓ **闈門** 闈門也。

㉔ **象笏** 大臣上朝手執之手版，可記事其上以備遺忘。明朝四品以上官員用象笏。笏音ㄏㄨˋ。

㉕ **太常公** 太常寺卿掌管宗廟祭祀時之禮樂。歸有光祖母之祖父夏昶曾任太常寺卿。

㉖ **宣德** 明宣宗年號。

㉗ **長號** 長聲大哭。號音ㄏㄠˊ。

㉘ **扃牖** 關閉門窗。扃，關閉門戶之橫木，音ㄐㄩㄥ。牖，窗戶，音ㄧㄡˇ。

㉙ **項脊生** 歸有光自稱。

㉚ **蜀清** 秦朝蜀地寡婦名清。事見《史記·貨殖列傳》。

㉛ **丹穴** 出產丹砂之礦穴。

㉜ **築女懷清臺** 據《史記·貨殖列傳》：「巴蜀寡婦清，其先得丹穴，而擅其利數世，……（清）能守其業，用財自衛，不見侵犯。秦皇帝以為貞婦而客之，為築女懷清臺。」

㉝ **隴中** 即「隆中」，山名，今湖北省襄陽縣境內，為諸葛亮隱居之地。

㉞ **昧昧** 不明貌。

㉟ **區區** 微小貌。

㊱ **揚眉瞬目** 眉飛目動，得意之貌。瞬，眨眼也，音ㄕㄨㄣˋ。

㊲ **埳井之蛙** 比喻見識短淺者。語出《莊子・秋水》。埳同坎，地面凹陷處。

㊳ **吾妻來歸** 有光之妻魏氏，蘇州人。女子出嫁曰歸。

㊴ **歸寧** 出嫁女子回娘家省親也。向父母問安曰寧。

㊵ **制** 指建造之格局、形式。

㊶ **亭亭如蓋** 高高挺立如像傘蓋。亭亭，高立貌。蓋，傘也。

# 極樂寺紀遊

袁宗道

高梁橋❶水，從西山❷深澗中來，道❸此入玉河❹。白練❺千匹，微風行水上，若羅紋紙❻。堤在水中，兩波相夾；綠柳四行，樹古葉繁，一樹之蔭可覆數席，垂線長丈餘。岸北佛廬道院❼甚眾，朱門紺殿❽亘❾數十里。對面遠樹高下攢簇❿，間⓫以水田，西山如螺髻⓬出於林水之間。

極樂寺去橋可三里，路徑亦佳，馬行綠蔭中若張蓋⓭。殿前剔牙松⓮數株，松身鮮翠嫩黃，斑剝⓯若大魚鱗，大可七八圍⓰許。

暇日曾與黃思立諸公游此。予弟中郎⓱云：「此地小似錢塘⓲蘇堤⓳。」思立亦以為然。予因嘆西湖勝境入夢已久，何日掛進賢冠⓴，作六橋下客子㉑，了此山水一段情障㉒乎？是日，分韻㉓各賦一詩而別。

## 【註釋】

❶ **高粱橋** 北京西直門外高粱河上之橋。

❷ **西山** 北京西郊名勝，太行山支脈，又名小清涼。

❸ **道** 動詞，取道、流經之義。

❹ **玉河** 水源來自北京西北玉泉山下，匯成昆明湖。出而東南流，環繞紫禁城，注入大通河。

❺ **練** 白色熟絹。

❻ **羅紋紙** 表面似輕柔綾羅之紙。

❼ **佛廬道院** 佛寺、道觀。

❽ **朱門紺殿** 朱門，紅漆之門。紺殿，深青色佛道殿宇。紺，天青色，音ㄍㄢˋ。

❾ **亙** 連接，音ㄍㄣˋ。

❿ **攢簇** 聚集貌。攢音ㄗㄢˇ，又音ㄘㄨㄢˊ。簇音ㄘㄨˋ。

⓫ **間** 隔也，音ㄐㄧㄢˋ。

⓬ **螺髻** 螺殼狀之髮髻。髻音ㄐㄧˋ。

⓭ **張蓋** 張開的傘。

⓮ **剔牙松** 針葉像牙籤一樣之松樹。

⓯ **斑剝** 色彩錯雜之斑點。

⓰ **圍** 計圓周之量詞。一說徑尺為圍，一說五寸為圍，一說一抱為圍。

⑰ **中郎** 袁宏道，字中郎，明公安人，與兄宗道、弟中道並稱「三袁」，皆為公安派之作家，著有《袁中郎集》。

⑱ **錢塘** 古縣名，即今杭州。

⑲ **蘇堤** 在杭州西湖，為宋蘇軾知杭州時所築，橫截湖面，中有六橋九亭，夾道植桃柳，桃紅柳綠，景色怡人。

⑳ **掛進賢冠** 謂棄官而去。進賢冠，古代儒者所戴之緇布冠。

㉑ **客子** 旅居異地之人。

㉒ **情障** 佛家語，指情感上之煩惱。

㉓ **分韻** 數人共同賦詩，選定數字為韻，由各人分拈，依各人所拈之韻賦成詩句。

# 西山❶十記（其一）

袁中道

出西直門❷，過高梁橋❸，楊柳夾道，帶以清溪，流水清澈，洞見沙石，蘊藻縈蔓❹，鬣走帶牽❺。小魚尾游，翕忽跳達❻。亙❼流背林，禪剎❽相接。綠葉濃郁，下覆朱戶❾。寂靜無人，鳥鳴花落。過響水閘，聽水聲汩汩❿。至龍潭堤，樹益茂，水益闊，是為西湖⓫也。每至盛夏之日，芙蓉十里如錦，香風芬馥，士女駢闐⓬，臨流泛觴⓭，最為勝處矣。憩青龍橋⓮，橋側數武⓯，有寺依山傍岩，古柏陰森，石路千級。山腰有閣，翼⓰以千峰，縈抱屏立⓱，積嵐沉霧⓲。前開一鏡，堤柳溪流，雜以畦畛⓳。叢翠之中，隱見村落。降臨水行，至功德寺，寬博有野致⓴。前繞清流，有危橋可坐。寺僧多業農事，日已西，見道人執畚者、插者㉑、帶笠者野歌而歸。有老僧持杖散步塍㉒間，水田浩白㉓，群蛙皆鳴。噫！此田家之樂也。予不見此者三年矣。

【註釋】

❶西山　山名，在河北省北京市西北，一名小清涼山。古剎佛寺甚多，為北京名勝。

❷西直門　今北京市海淀區西直門。

❸高梁橋　在西直門外，跨高梁河。

❹蘊藻縈蔓　水草叢生縈繞。蘊，積也。縈，繞也。

❺鬣走帶牽　水草像馬之鬃毛般飄動，像帶子般牽引。鬣，獸頸上毛，音ㄌㄧㄝˋ。

❻翕忽跳達　翕忽，快速貌。翕音ㄒㄧˋ。跳達，往來自由貌。

❼亙　橫貫，音ㄍㄣˋ。

❽禪剎　泛指佛寺。

❾朱戶　富貴人家之房屋。

❿汩汩　流水聲。音ㄍㄨˇ　ㄍㄨˇ。

⓫西湖　今北京市頤和園內昆明池。

⓬駢闐　遊人絡繹不絕貌。音ㄆㄧㄢˊ　ㄊㄧㄢˊ。

⓭臨流泛觴　古人野宴，列於曲水之旁，置觴於水流上游，觴止何處，則取而飲之。謂之

「曲水流觴」。

⑭**青龍橋**　在今北京市海淀區頤和園西北。

⑮**武**　半步也。古人以六尺為步。

⑯**翼**　兩邊也。

⑰**屏立**　如屏障豎立。

⑱**積嵐沉霧**　積嵐，指堆積山中之水氣。沈霧，指沈積山中之霧氣。

⑲**畦畛**　田間界道。音ㄒㄧ　ㄓㄣˇ。

⑳**野致**　田野風味。

㉑**畚鍤**　畚，畚箕，音ㄅㄣˇ。插，同鍤，鐵鍬一類挖土工具，音ㄔㄚˊ。

㉒**塍**　田間小路，音ㄧㄥˋ。

㉓**浩白**　白茫茫廣大一片。

# 登泰山記

姚鼐

泰山之陽❶，汶水❷西流；其陰❸濟水❹東流。陽谷❺皆入汶，陰谷皆入濟。當其南北分者古長城也。最高日觀峰在長城南十五里。

余以乾隆❻三十九年十二月，自京師乘風雪，歷齊河、長清，穿泰山西北谷，越長城之限，至於泰安❼。是月丁未，與知府朱孝純子潁❽由南麓登。四十五里道皆砌石為磴❾，其級七千有餘。泰山正南面有三谷：中谷繞泰安城下，酈道元❿所謂環水⓫也。余始循以入，道少半，越中嶺，復循西谷，遂至其巔。古時登山循東谷入，道有天門⓬。東谷者，古謂之天門谿水，余所不至也。今所經中嶺及山巔崖限當道者，世皆謂之天門云。道中迷霧、冰滑、磴幾不可登，及既上，蒼山負雪，明燭⓭天南。望晚日照城郭，汶水、徂徠⓮如畫，而半山居⓯霧若帶然。

戊申晦五鼓⑯，與子潁坐日觀峰待日出。大風揚積雪擊面。亭東自足下皆雲漫，稍見雲中白若摴蒱⑰數十立者，山也。極天雲一線異色，須臾成五采，日上正赤如丹⑱，下有紅光動搖承之。或曰：「此東海也。」回視日觀之西峰，或得日，或否，絳皜駁色⑲，而皆若僂⑳。亭西有岱祠㉑，又有碧霞元君祠㉒。皇帝行宮㉓在碧霞元君祠東。是日觀道中石刻，自唐顯慶㉔以來，其遠古刻盡漫失㉕；僻不當道者皆不及往。

山多石少土。石蒼黑色，多平方，少圓。少雜樹，多松；生石罅㉖，皆平頂。冰雪，無瀑水，無鳥獸音跡。至日觀數里內無樹，而雪與人膝齊。

桐城姚鼐記。

## 【註釋】

❶ **泰山之陽** 泰山為我國五嶽中的東嶽，位於今山東省西部，長約二〇〇公里，海拔約一五二四公尺。山南水北曰陽。

❷ **汶水** 發源於山東萊蕪縣東北原山，流經泰安縣，入運河。

❸ **陰** 山北水南為陰。

❹ **濟水** 亦稱允水，發源於河南省濟源縣西，流經山東入海。

❺ **陽谷** 山南溪谷。

❻ **乾隆** 清高宗年號。

❼ **泰安** 清代山東府治，為登泰山之入口。

❽ **朱孝純子穎** 朱孝純，字子穎，山東歷城人，乾隆進士，當時任泰安知府。善畫，其詩雄放，著有《寶扇樓詩集》。

❾ **磴** 石階，音ㄉㄥˋ。

❿ **酈道元** 字善長，北魏范陽涿鹿人。撰《水經注》四十卷，文筆清麗，工於描寫山水景物。

⓫ **環水** 泰安的護城河。

⓬ **天門** 泰山的地名，是秦、漢帝王祭天之處。

⓭ **燭** 照耀。

⓮ **徂徠** 山名，在泰安縣東南。音ㄘㄨˊ ㄌㄞˊ。

⓯ **居** 停留。

⓰ **五鼓** 五更，大約清晨三點至五點。古時一夜分五更。

⓱ **樗蒱** 古代賭具，共五子，又名五木，以木製成有黑有白。音ㄕㄨ ㄆㄨˊ。

⓲ **正赤如丹** 純紅色如朱砂。丹，朱砂。

⑲ **絳皜駁色** 紅白顏色錯雜。絳，大紅色，音ㄐㄧㄤˋ。皜，白色，音ㄏㄠˋ。駁，雜也。

⑳ **若僂** 好像彎腰曲背。僂音ㄌㄡˊ。

㉑ **岱祠** 即東嶽廟，奉祀泰山之神東嶽大帝。

㉒ **碧霞元君祠** 碧霞元君，女神名，是東嶽大帝的女兒。宋真宗東封泰山時所建。

㉓ **行宮** 君王出巡臨時的住所。

㉔ **顯慶** 唐高宗的年號。

㉕ **漫失** 磨滅消失。

㉖ **罅** 裂縫，音ㄒㄧㄚˋ。

# 核舟❶記

魏學洢

明有奇巧❷人曰王叔遠❸，能以徑寸之木，為宮室器皿人物，以至鳥獸木石，罔不因勢象形，各具情態。嘗貽余核舟一，蓋大蘇❹泛赤壁❺云。

舟首尾長約八分有奇❻，高可二黍❼許。中軒敞者為艙，箬篷❽覆之。旁開小窗，左右各四，共八扇。啟窗而觀，雕欄相望焉。閉之，則右刻「山高月小，水落石出」，左刻「清風徐來，水波不興」❾，石青糝之❿。

船頭坐三人，中峨冠而多髯者為東坡，佛印⓫居右，魯直⓬居左。蘇、黃共閱一手卷⓭。東坡右手執卷端，左手撫魯直背。魯直左手執卷末，右手指卷如有所語。東坡現右足，魯直現左足，各微側，其兩膝相比⓮者，各隱卷底衣褶中。佛印絕似彌勒⓯，袒胸露乳，矯首昂視，神情與蘇、黃不屬⓰。臥右膝，詘⓱右臂支船，而豎其左膝，右臂掛念珠⓲倚之，珠可歷歷⓳

數也。

舟尾橫臥一楫。楫左右舟子各一人。居右者椎髻[20]仰面，左手倚一衡木，右手攀右趾，若嘯呼狀。居左者右手執蒲葵扇，左手撫爐，爐上有壺，其人視端容寂[21]，若聽茶聲然。

其船背稍夷[22]，則題名其上，文曰「天啟壬戌[23]秋日，虞山王毅叔遠甫刻[24]」，細若蠅足，鉤畫了了[25]，其色墨。又用篆章一，文曰「初平山人[26]」，其色丹。

通計一舟，為人五，為窗八，為箬篷，為楫，為爐，為壺，為手卷，為念珠各一，對聯題名並篆文，為字共三十有四。而計其長曾不盈寸。蓋簡桃核修狹者為之。

魏子詳矚既畢，詫曰：「嘻，其亦靈怪矣哉！莊列[27]所載，稱驚猶鬼神[28]者良多，然不有游削[29]於不寸之質，而須麋瞭然[30]者？假有人焉，舉我言以復於我，亦必疑其誑，乃今親睹之。繇斯以觀，棘刺之端未必不可為母猴㉛也。嘻！技亦靈怪矣哉！。」

## 【註　釋】

❶ **核舟**　在桃核上刻蘇軾泛舟赤壁，為我國古代微雕藝術之精品。

❷ **奇巧**　奇妙精巧。

❸ **王叔遠**　明代微雕藝術家。

❹ **大蘇**　指蘇軾。人稱蘇軾為大蘇，蘇轍為小蘇。

❺ **赤壁**　湖北省黃岡縣城外之赤鼻磯。蘇軾謫居黃州，曾兩次遊赤壁，作〈前、後赤壁賦〉。

❻ **奇**　餘也，音ㄐㄧ。

❼ **黍**　古代計量長短，一黍相當一分。

❽ **箬篷**　竹皮編製之蓆子，用以覆蓋車舟。音ㄖㄨㄛˋ　ㄆㄥˊ。

❾ **「山高」句……「清風」句……**　「山高」句出〈後赤壁賦〉，「清風」句出〈前赤壁賦〉。

❿ **石青糝之**　石青，一種礦物質製成之顏料。糝，塗也，音ㄙㄢˇ。

⓫ **佛印**　宋代金山寺和尚，字了元。

⑫ **魯直** 黃庭堅之字，蘇門四學士之一。

⑬ **手卷** 橫幅之書畫卷子。

⑭ **相比** 互相靠近。比音ㄅㄧˋ。

⑮ **彌勒** 指彌勒佛，佛教菩薩之一。

⑯ **不屬** 不類似。

⑰ **詘** 屈也，音ㄔㄨˋ。

⑱ **念珠** 念佛之人，一面念佛，一面手裏數串珠記數，此種珠子叫念珠。

⑲ **歷歷** 清楚貌。

⑳ **椎髻** 椎形髮髻。

㉑ **視端容寂** 目光正視，表情平靜。

㉒ **夷** 平也。

㉓ **天啓壬戌** 天啟二年（西元一六二二年）。天啟，明熹宗年號。

㉔ **虞山王毅叔遠甫刻** 虞山，今江蘇省常熟縣。王毅叔遠甫刻：即王毅，字叔遠所刻。甫，字也。

㉕ **了了** 清楚貌。

㉖ **初平山人** 王毅之別號。

㉗ **莊列** 莊子和列子。莊子，戰國宋蒙縣人，名周，為我國古代道家人物，與老子並稱

「老莊」。列子，戰國鄭國人，名禦寇。

㉘ **驚猶鬼神** 猶如鬼斧神工般，令人驚奇。

㉙ **游削** 游刃，用刀。

㉚ **須麋瞭然** 須麋，鬍鬚和眉毛。麋，音ㄇㄧˊ，《說文通訓定聲》：「麋，假借為眉。」瞭然，清楚貌。

㉛ **棘刺之端未必不可為母猴** 《韓非子・外儲說左上》記載：「宋人說燕王，以棘刺之端為母猴，要王三月齋戒後才看，王以三乘養宋人，右御冶工拆穿宋人謊言，宋人遂被燕王所殺。」棗刺之端，酸棗樹枝上尖刺之末稍。

# 李龍眠畫羅漢記

黃淳耀

李龍眠❶畫羅漢❷渡江，凡十有八人。一角漫滅❸，存十五人有半及童子三人。

凡未渡者五人：一人值紙壞，僅見腰足。一人戴笠攜杖，衣袂翩然❹，若將渡而無意者。一人凝立遠望，開口自語。一人跽❺左足，蹲右足，以手捧膝作纏結狀；雙屨脫置足旁，迴顧微哂❻。一人坐岸上，以手踞❼地，伸足入水如測淺深者。方渡者九人：一人以手揭衣，一人左手策杖，目皆下視，口呿❽不合。一人脫衣，雙手捧之而承以首。一人前其杖，迴首視捧衣者。兩童子首髮鬅鬙❾，共舁❿一人以渡。所舁者，長眉覆頰面，而怪偉如秋潭老蛟。一人仰面視長眉者。一人貌亦老蒼，傴僂⓫策杖，去岸無幾，若幸其將至者。一人附童子背，童子瞪目閉口，以手反負之，若重不能勝者。一人貌老過於傴僂者，右足登岸，左足在水，若起未能。而已渡者一人，捉其右臂作勢起之。老者努其喙⑫，纈紋⑬皆見。又一人已渡者，雙足尚跣⑭，出其屨將納之，而仰視石壁，以一指探鼻孔，軒渠⑮自得。

按羅漢於佛氏為得道之稱，後世所傳高僧，猶云錫飛⑯盃渡⑰。而為渡江艱辛乃爾⑱，殊可怪也。推畫者之意，豈以佛氏之作止語默皆與人同，而世之學佛者，徒求卓詭⑲變幻、可喜可愕⑳之蹟，故為此圖，以警發之與？昔人謂太清樓㉑所藏呂真人㉒畫像，儼若孔、老，與他畫師作輕揚狀者不同，當即此意。

## 【註釋】

❶ **李龍眠** 名公麟，字伯時，自號龍眠山人，宋舒州人。神宗熙寧進士，博學好古，善畫馬、人物、佛像，尤擅長白描。

❷ **羅漢** 梵文阿羅漢之簡譯。阿羅漢為佛教修行得道者之稱，次於菩薩。

❸ **漫滅** 模糊不清楚。

❹ **翩然** 輕快飄揚貌。翩音ㄆㄧㄢ。

❺ **跽** 跪也，音ㄐㄧˋ。

❻ **微哂** 微笑。哂音ㄕㄣˇ。

❼ **踞** 據也，支撐也。音ㄐㄩˋ。

❽ **呿** 張口貌。音ㄑㄩ。

❾ **鬅鬙** 頭髮散亂貌。音ㄆㄥˊ　ㄙㄨㄥ。

❿ **舁** 抬也，音ㄩˊ。

⓫ **傴僂** 彎腰駝背，音ㄩˇ　ㄌㄡˊ。

⓬ **努其喙** 翹起嘴唇。努，高。喙，嘴，音ㄏㄨㄟˋ。

⓭ **纈紋** 縐紋。纈，用綢結成之綵布，音ㄒㄧㄝˊ。

⓮ **跣** 赤腳，音ㄒㄧㄢˇ。

⓯ **軒渠** 大笑貌。

⓰ **錫飛** 《高僧傳》載：誌公和尚與白鶴道人欲往舒州潛山，稟告梁武帝，武帝命各以一物為記號，先到者得山。白鶴道人鶴飛至山麓，誌公和尚之錫杖凌空而降，後來居上。錫，錫杖。

⓱ **盃渡** 劉宋時，有異人常以木盃渡水，輕快如飛，人稱盃渡和尚。

⓲ **乃爾** 竟然如此。

⓳ **卓詭** 高超、奇特。

⑳ **愕** 驚懼貌。音ㄜˋ。

㉑ **太清樓** 宋代宮內藏書畫之處。

㉒ **呂真人** 呂洞賓，八仙之一。真人，道教中稱修行得道之人。

# 芙蕖

李漁

芙蕖❶與草本諸花似覺稍異，然有根無樹，一歲一生，其性同也。譜❷云：「產於水者曰草芙蓉，產於陸者曰旱蓮。」則謂非草本不得矣。予夏季倚此為命者，非故效顰❸於茂叔❹，而襲成說❺於前人也，以芙蕖之可人❻，其事不一而足，請備述之。

群葩❼當令❽時，只在花開之數日，前此後此皆屬過而不問之秋矣。芙蕖則不然：自荷錢❾出水之日便為點綴綠波；及其莖葉既生，則又日高日上，日上日妍❿。有風既作飄颻⓫之態，無風亦呈裊娜⓬之姿。是我於花之未開先享無窮逸致⓭矣。迨至菡萏⓮成花，嬌姿欲滴，後先相繼，自夏徂⓯秋，此則在花為分內之事，在人為應得之資者也。及花之既謝，亦可告無罪於主人矣；乃複蒂下生蓬，蓬中結實，亭亭⓰獨立，猶似未開之花，與翠葉並擎⑰，不至白露為霜⑱而能事不已。此皆言其可目者也。可鼻則有荷葉之清香，荷花之異馥⑲，避暑而暑為之退，納涼則涼逐之生；至其可人之口者，則蓮實與藕皆並列盤餐，而互芬齒頰者也。只有霜中敗葉零落難堪，似成棄物矣；乃摘而藏之，又備經年裹物之用。是芙蕖也者，無一時一刻，不適耳目之觀；無一物一絲，不備家常之用者也。有五穀⑳之實而不有其名；兼百花之長而各去其短。種植之利有大於此者乎？

予四命㉑之中此命為最。無如酷好一生，竟不得半畝方塘為安身立命㉒之地。僅鑿斗大一池，植數莖以塞責㉓，又時病其漏，望天乞水以救之。殆所謂不善養生，而草菅其命㉔者哉。

## 【註釋】

❶ **芙蕖** 荷花，音ㄈㄨˊ ㄑㄩˊ。

❷ **譜** 明王象晉《群芳譜》，述茶竹花木形態及種植療治之法。

❸ **效顰** 喻人不善模仿。顰，音ㄆㄧㄣˊ，亦作矉，攢眉蹙頞之狀。

❹ **茂叔** 周敦頤，字茂叔，道州人，世稱濂溪先生，為宋理學開山之祖，著有〈愛蓮

說〉。

❺ **成說** 已成立之定論。

❻ **可人** 合人心意，使人滿意。

❼ **群葩** 百花。葩，花也，音ㄆㄚ。

❽ **當令** 令，時令，時節。各種花都在一定時節開花，這段時節稱當令。

❾ **荷錢** 荷葉初生，圓如銅錢，故稱之。

❿ **妍** 美麗，音ㄧㄢˊ。

⓫ **飄颻** 風吹而搖動不定。颻，亦作搖。

⓬ **嬝娜** 細長柔美貌，音ㄋㄧㄠˇ ㄋㄨㄛˇ。

⓭ **逸致** 悠閒之情趣。致，情趣。

⓮ **菡萏** 含蕊未開之荷花。音ㄏㄢˋ ㄉㄢˋ。

⓯ **徂** 往也，音ㄘㄨˊ。

⓰ **亭亭** 聳立貌。

⓱ **並擎** 並舉。擎，高舉也，音ㄑㄧㄥˊ。

⓲ **白露為霜** 白露、霜降皆為二十四節氣之一。農曆八月三、四日為白露，九月二十日左右為霜降。

⓳ **異馥** 奇特的香味。馥，香氣，音ㄈㄨˋ。

⑳ **五穀** 稻、黍、稷、麥、菽五種穀物。

㉑ **四命** 《閒情偶記》卷十四水仙：「予有四命，各司一時。春以水仙、蘭花為命，夏以蓮花為命，秋以海棠為命，冬以蠟梅為命。無此四花，是無命也。」

㉒ **安身立命** 使身體有所歸宿，心神有所寄託。

㉓ **塞責** 敷衍應付，免於譴責。

㉔ **草菅其命** 輕視生命。草菅，指輕賤之物。菅音ㄐㄧㄢ。

# 梅花嶺記

全祖望

順治❶二年乙酉四月，江都圍急。督相史忠烈公❷知勢不可為，集諸將而語之曰：「吾誓與城為殉，然倉皇中不可落於敵人之手以死。誰為我臨期成此大節者？」副將軍史德威慨然任之。忠烈喜曰：「吾尚未有子，汝當以同姓為吾後。吾上書太夫人，譜❸汝諸孫中。」

二十五日城陷，忠烈拔刀自裁；諸將果爭前抱持之。忠烈大呼德威；德威流涕不能執刃。遂為諸將所擁而行。至小東門，大兵如林而立。馬副使鳴騄、任太守民育，及諸將劉都督肇基等皆死。忠烈乃瞠目曰：「我史閣部❹也！」被執至南門，和碩豫親王❺以先生呼之，勸之降，忠烈大罵而死。初，忠烈遺言：「我死當葬梅花嶺上。」至是，德威求公之骨不可得，乃以衣冠葬之。

或曰：「城之破也，有親見忠烈青衣烏帽❻，乘白馬出天寧門投江死者，未嘗殞於城中也。」自有是言，大江南北遂謂忠烈未死。已而英、霍山師❼大起，皆託忠烈之名，彷彿陳涉之稱項燕❽。吳中孫公兆奎❾，以起兵不克，執至白下❿。經略洪承疇⓫與之有舊，問曰：「先生在兵間，審知故揚州閣部史公果死耶？抑未死耶？」孫公答曰：「經略從北來，審知故松山殉難督師洪公果死耶？抑未死也？」承疇大恚⓬，急呼麾下⓭驅出斬之。

嗚呼！神仙詭誕之說，謂顏太師以兵解⓮，文少保亦以悟大光明法蟬蛻⓯，實未嘗死。不知：忠義者，聖賢家法⓰，其氣浩然，長留天地之間，何必出世入世⓱之面目？神仙之說，所謂「為蛇畫足⓲」。即如忠烈遺骸不可問矣，百年而後，予登嶺上，與客述忠烈遺言，無不淚下如雨，想見當日圍城光景。此即忠烈之面目宛然可遇，是不必問其果解脫⓳否也。而況冒其未死之名者哉！

墓旁有丹徒錢烈女⑳之家；亦以乙酉在揚，凡五死而得絕，時告其父母火之，無留骨穢地，揚人葬之於此。江右王猷定、關中黃遵巖、粵東屈大均為作傳銘哀辭。

顧尚有未盡表章者：予聞忠烈兄弟，自翰林可程㉑下尚有數人，其後皆來江都省墓。適英、霍山師敗，捕得冒稱忠烈者㉒；大將發㉓至江都，令史氏男女來認之。忠烈之第八弟㉔已亡，其夫人㉕年少有色，守節，亦出視之。大將艷其色，欲強娶之；夫人自裁而死。時以其出於大將之所逼也，莫敢為之表章者。

嗚呼！忠烈嘗恨可程在北，當易姓之間㉖不能仗節㉗，出疏糾之。豈知身後乃有弟婦以女子而踵兄公㉘之餘烈乎！梅花如雪，芳香不染。異日有作忠烈祠者，副使諸公諒在從祀之列；當另為別室以祀夫人，附以烈女一輩也。

## 【註釋】

❶ **順治** 清世宗福臨年號。

❷ **督相史忠烈公** 明朝設大學士取代宰相，史可法官內閣大學士，又督軍揚州，故稱督相。忠烈為史公之諡號，清乾隆時改諡忠正。

❸ **譜** 動詞，列入家譜。

❹ **閣部** 史可法以內閣大學士兼兵部尚書，故合稱閣部。

❺ **和碩豫親王** 和碩，滿語部落之意，清宗室親王公主均加此號。豫親王，指多鐸，清太祖努爾哈赤第十五子，清世祖叔父，時擔任攻江南統帥。

❻ **青衣烏帽** 當時平民所穿之便服。

❼ **英霍山師** 英山、霍山之反清義軍。

❽ **陳涉之稱項燕** 秦末陳涉起義，假借楚將項燕名義為號召。事見《史記・陳涉世家》。

❾ **孫兆奎** 字君昌，吳江舉人。清兵攻陷吳江，孫起義抗清，後兵敗被俘。

❿ **白下** 唐高祖改金陵為白下，後人因稱南京為白下。

⓫ **經略洪承疇** 經略，官名，明時掌各路軍事，位在總督之上。洪承疇，明薊遼總督，崇禎十五年與清兵大戰於松山，兵敗投降，引導清兵入關。

⓬ **恚** 惱怒，音ㄏㄨㄟ。

⓭ **麾下** 部下。麾，軍旗，音ㄏㄨㄟ。

⑭ **顏太師以兵解** 顏真卿借被刀殺死而成仙。解，解脫軀殼而成仙。道家稱得道而死為尸解，死於兵刃為兵解。

⑮ **文少保亦以悟大光明法蟬蛻** 文天祥也因為領悟大光明法而得道成仙。文天祥，官少保，為元兵所擒，獄中遇靈陽子，後以大光明法而得道成仙。蟬蛻去外殼曰蟬蛻，此用以比喻人得道成仙。

⑯ **家法** 師徒傳授治學或為人之方法。

⑰ **出世入世** 佛家語。佛家稱成仙成佛曰出世；在俗世為凡人曰入世。

⑱ **為蛇畫足** 義同「畫蛇添足」。比喻多餘而無用之事物。

⑲ **解脫** 佛家稱解除世俗一切生老病死之痛苦為解脫。

⑳ **錢烈女** 鎮江錢應式之女，名淑賢。清兵破揚州，錢氏自縊而死。

㉑ **可程** 史可法之弟。李自成破北京及清兵入關，可程均投降以求免於死。

㉒ **冒稱忠烈者** 史可法死後，其幕僚厲紹伯因容貌似可法，遂冒用其名起兵抗清，後戰敗被俘。

㉓ **發** 解送也。

㉔ **第八弟** 即史可則。

㉕ **夫人** 指史可則之妻，史可法夫人之妹，河北宛平人。

㉖ **易姓之間** 改朝換代之際。專制時代，改朝換代，則由異姓之人當皇帝，故曰易姓。

㉗ **仗節** 守節也。

㉘ **兄公** 對丈夫之兄之尊稱。

# 十、箴銘類

姚姬傳《古文辭類纂·序目》曰：「箴銘類者，三代有其體矣。聖賢所以自戒警之義，其辭尤質，而意尤深。若張子作〈西銘〉，豈獨其理之美耶？其文固未易幾也。」

**按**：箴銘之文，以消極警戒，或積極勉勵方式，飭勵人己，使有所警惕黽勉以進德業。箴之用，在消極攻疾防患，要在確切，否則辭涉游移，便失禦過之用。銘之用，在積極獎勉德業，要在弘潤，否則旨不弘，辭不潤，便不成積極文章。箴銘以四字句叶韻為多，亦有用散文或長短句叶韻者。

# 座右銘

崔瑗

無道人之短，無說己之長。施人慎勿念，受施慎勿忘。世譽❶不足慕，惟仁為紀綱❷。隱心而後動❸，謗議庸何傷❹？無使名過實，守愚聖所臧❺。在涅貴不緇❻，曖曖內含光❼。柔弱生之徒，老氏誡剛強❽。行行鄙夫志❾，悠悠故難量❿。慎言節飲食，知足勝不祥⓫。行之苟有恆，久久自芬芳⓬。

【註釋】

❶ **世譽** 世俗之虛名。

❷ **惟仁為紀綱** 一切言行皆以仁為規範。仁乃孔子學說中心思想，為人處世之規範，包含盡己之忠，與推己之恕。紀綱，網上粗繩曰綱，細繩曰紀，引伸有規範之意。

❸ **隱心而後動** 意謂凡事先問是否心安然後才做。《爾雅・釋詁》：「隱，安也。」

❹ **謗議庸何傷** 凡事只要問心無愧，對於他人毀謗何必傷心。

❺ **守愚聖所臧** 固守質樸本性，乃聖人所稱善。《老子》：「古之善為道者，非以明民，將以愚之。」河上公註：「愚之，使朴質不詐偽也。」臧，善也，音ㄗㄤ。

❻ **在涅貴不緇** 雖處污濁環境，應潔身自好，不為其污染。涅，黑色染料，音ㄋㄧㄝˋ；緇，黑，音ㄗ。

❼ **曖曖內含光** 做人應光輝暗藏，切忌光芒外露。曖曖，光輝暗藏貌，音ㄞˋ。

❽ **柔弱生之徒老氏誡剛強** 《老子》：「人之生也柔弱，其死也堅強。草木之生也柔脆，其死也枯槁。故堅強者死之徒，柔弱者生之徒。」柔弱，謂外柔內剛，有韌性之堅忍。剛強，謂血氣之勇，非義理之勇之剛正。

❾ **行行鄙夫志** 好逞血氣之勇，乃是知識淺陋者之想法。行行，剛強貌，音ㄏㄤˋ ㄏㄤˋ。鄙夫，知識淺陋之人。

❿ **悠悠故難量** 為人當淡泊明志，寧靜致遠，故前途不可限量。悠悠，神情安閒，心思幽遠貌。

⓫ **知足勝不祥** 凡事能適可而止，不貪求非分，即可制止不吉利事情發生。《老子》：「知足不辱，知止不殆，可以長久。」

⓬ **芬芳** 德被四方，猶如花香之四播。

# 西銘

張　載

乾稱父，坤稱母❶；予茲藐焉，乃混然中處❷。故天地之塞，吾其體❸；天地之帥，吾其性❹。民吾同胞，物吾與也❺。大君者，吾父母宗子❻；其大臣，宗子之家相也。尊高年，所以長其長；慈孤弱，所以幼其幼；聖其合德❼，賢其秀也❽。凡天下疲癃殘疾，惸獨鰥寡❾，皆吾兄弟之顛連❿而無告者也。于時保之，子之翼也⓫。樂且不憂，純乎孝者也⓬。違曰悖德⓭，害仁曰賊⓮。濟惡者不才⓯；其踐形惟肖者也⓰。知化則善述其事；窮神則善繼其志⓱。不愧屋漏為無忝⓲；存心養性為匪懈⓳。惡旨酒，崇伯子之顧養⓴；育英才，潁封人之錫類㉑。不弛勞而底豫，舜其功也㉒；無所逃而待烹，申生其恭也㉓。體其受而歸全者參乎㉔；勇於從而順令者伯奇也㉕。富貴福澤，將厚吾之生也㉖；貧賤憂戚，庸玉女於成也㉗。存，吾順事

㉘；沒，吾寧也㉙。

## 【註　釋】

❶ **乾稱父坤稱母**　古人以天地為萬物之父母。《易・說卦傳》：「乾，天也，故稱乎父；坤，地也，故稱乎母。」

❷ **予茲藐焉乃混然中處**　藐小之吾與萬物混雜居處於天地之間。藐焉，猶藐然，渺小也。

❸ **故天地之塞吾其體**　乾坤陰陽，此天地之氣，充塞於兩間，為人類所資以為體者也。《孟子・公孫丑》：「其為氣也，至大至剛，以直養而無害，則塞於天地之間。」

❹ **天地之帥吾其性**　朱熹曰：「乾健坤順，此天地之志，為氣之帥，而人物之所得以為性者也。」《孟子・公孫丑》：「夫志，氣之帥也。」

❺ **民吾同胞物吾與也**　視他人如同胞，視萬物如同類。同胞，同父母所生者。與，同類也。

❻ **大君者吾父母宗子**　天子乃繼承天地，統理萬物，故為宗子。大君，指天子。宗子，嫡長子也。古時以嫡長子主祭祀，為族人所宗，故曰宗子。

❼ **聖其合**德　聖人乃與天地合德者。合，通也、同也。

❽ **賢其秀也**　賢人乃人類中才德優越者。其，猶乃也。

❾ **疲癃殘疾惸獨鰥寡** 疲癃，指衰頹老病。癃，音ㄌㄨㄥˊ。殘，殘廢。病，疾病。惸，無兄弟，音ㄑㄩㄥˊ。獨，無子孫。

❿ **顛連** 困頓也。

⓫ **于時保之子之翼也** 能保護顛連無告者，乃助天以養民之善行。于時，猶於是。翼，助也。

⓬ **樂且不憂純乎孝者也** 能樂天安命，不憂貧困，乃純良孝子。

⓭ **違曰悖德** 違背天理者曰背德。悖，背也，音ㄅㄟˋ。

⓮ **害仁曰賊** 毀滅人性，傷害天理者曰賊。《孟子・梁惠王》：「賊仁者謂之賊，賊義者謂之殘；殘賊之人謂之一夫。」

⓯ **濟惡者不才** 助長罪惡者謂之不肖。濟，助也。

⓰ **其踐形惟肖者也** 能盡人性，實踐人道者，乃為天地父母之好兒女。踐，行也。肖，骨肉相似也。

⓱ **知化則善述其事窮神則善繼其志** 了解天地化育萬物之理，則遵循其事理而為。述，循也。能窮究天地之神明，則善加繼承其心志。《中庸》：「夫孝者，善繼人之志，善述人之事者也。」

⓲ **不愧屋漏為無忝** 雖獨處暗室，猶能謹言慎行，問心無愧，乃為不辱父母。屋漏，指屋之西北隅隱暗之處。忝，辱也，音ㄊㄧㄢˇ。

⑲ **存心養性為匪懈** 保存仁心，修養天性，乃為剛健不息者。《孟子·盡心》：「存其心，養其性，所以事天也。」

⑳ **惡旨酒崇伯子之顧養** 遏止私欲，不為酒困，乃崇伯子夏禹事奉父母之道。旨，美也。崇伯，禹父鯀封於崇，故稱崇伯。

㉑ **育英才穎封人之錫類** 人能教育英才，猶如穎考叔以孝親之心感化鄭莊公，賜惠同類。事見《左傳·隱公元年》。

㉒ **不弛勞而底豫舜其功也** 能勤勞不鬆懈工作以得父母歡喜，乃舜盡孝道之功。事見《孟子·離婁上》。底，致也，音ㄓˇ。豫，樂也。

㉓ **無所逃而待烹申生其恭也** 此言申生不敢逃亡而待烹殺，可謂恭順之至。申生，春秋晉獻公世子。事見《左傳·僖公四年》。

㉔ **體其受而歸全者參乎** 能體念全受全歸之理者，乃曾參之大孝。《禮記·祭義》：「父母全而生之，子全而歸之，可謂孝矣。不虧其體，不辱其身，可謂全矣。」

㉕ **勇於從而順令者伯奇也** 勇敢順從父母之命，乃尹伯奇之孝。伯奇，周尹吉甫之子。伯奇無罪，為後母讒而被逐，作〈履霜操〉。

㉖ **富貴福澤將厚吾之生也** 富貴福澤，乃天地厚愛於我。

㉗ **貧賤憂戚庸玉女於成也** 貧賤憂傷，乃天地欲磨練我，愛護我，使我有所成就。庸，殆也。女同汝。玉，寶愛也。

㉘ **存吾順事** 生存之時，則順天理以行事。

㉙ **沒吾寧也** 歿則心安理得，無愧於天地。

# 十一、頌贊類

姚姬傳《古文辭類纂・序目》曰：「頌贊類者，亦詩頌之流，而不必施於金石者也。」

**按**：頌贊類者，以頌揚贊美之方式，表示對人、事或物之欽崇，其效用在顯示作者景仰心情，而使人有所感奮。或頌贊人，如揚雄〈趙充國頌〉；或頌贊事，如韓愈〈子產不毀鄉校頌〉；或頌贊物，如蘇軾〈韓幹畫馬贊〉。真德秀云：頌贊體例，貴乎贍麗宏肆，而有雍容俯仰，頓挫起伏之態，乃為佳作。大抵以四字句叶韻者為多，亦有用散文長短叶韻者。

# 項羽本紀贊

司馬遷

太史公曰：「吾聞之周生❶曰：『舜目蓋重瞳子❷。』又聞項羽亦重瞳子。羽豈其苗裔❸邪？何興之暴❹也！夫秦失其政，陳涉首難❺，豪傑蠭起❻，相與並爭，不可勝數。然羽非有尺寸❼，乘勢起隴畝❽之中，三年遂將五諸侯❾滅秦，分裂天下而封王侯，政由羽出，號為霸王；位雖不終，近古以來未嘗有也。及羽背關懷楚❿，放逐義帝⓫而自立，怨王侯叛己，難矣！自矜功伐⓬，奮其私智而不師古⓭，謂霸王之業欲以力征。經營天下五年，卒亡其國，身死東城⓮。尚不覺寤⓯，而不自責，過矣！乃引『天亡我，非用兵之罪也』，豈不謬哉？」

【註釋】

❶ **周生** 漢時儒者，不知其名。生乃對人之尊稱，猶現在稱先生。

❷ **重瞳子** 眼球中有雙瞳孔。古人以重瞳為神異之相。

❸ **苗裔** 謂人之後代也。《離騷》：「帝高陽之苗裔兮。」朱熹注：「苗者，草之莖葉，根所生者；裔者，衣裾之末，衣之餘也，故以為遠代子孫之稱。」

❹ **暴** 急也。

❺ **陳涉首難** 陳勝，字涉，秦陽城人。與吳廣俱戍漁陽，失期當斬，乃揭竿起義以抗秦，自立為楚王。後為秦將章邯所敗。

❻ **蠭起** 喻多而雜亂也。一作蜂出。

❼ **尺寸** 些少之意。此指些許土地之憑借。

❽ **隴畝** 猶言民間。

❾ **五諸侯** 指齊、燕、韓、趙、魏五國。

❿ **背關懷楚** 指項羽背棄關中，懷念楚地，建都彭城之事。一說背關乃指背約，不王高祖於關中。

⓫ **義帝** 楚懷王孫心，項梁立以為楚懷王，項羽尊之為義帝，後徙之長沙，復陰令人擊殺之江中。

⓬ **自矜功伐** 謂自矜其功，自誇其能。伐，誇功也。

⓭ **師古** 效法古人。

⓮ **東城** 位於今安徽省定遠縣東南。

⓯ 寤 通悟。

# 孔子世家❶贊

司馬遷

太史公曰：「《詩》有之：『高山仰止，景行行止❷。』雖不能至，然心鄉❸往之。余讀孔氏書，想見其為人。適魯，觀仲尼廟堂，車服禮器，諸生以時習禮其家，余低回❹留之，不能去云。天下君王至於賢人眾矣！當時則榮，沒則已焉！孔子布衣❺，傳十餘世，學者宗之。自天子王侯，中國言六藝者，折中❻於夫子，可謂至聖矣！」

## 【註釋】

❶ **世家**　依照《史記》體例，凡為天子作傳，稱為本紀；為諸侯作傳，稱為世家；為將相名人作傳，稱為列傳。

❷ **高山仰止景行行止**　意謂高山可仰而陟之矣，大道可以行而至之矣。兩「止」字同「之」。景行，大道。此處以高山、景行比喻孔子道德學問之崇高偉大。語出《詩經·

小雅・車舝篇》。

❸ **鄉** 同嚮。

❹ **低回** 徘徊留戀。

❺ **布衣** 指平民。古代平民除老年可衣帛外，餘大都穿麻布衣服，故以布衣代稱平民。

❻ **折中** 調節過與不及，使合乎中道也。亦作折衷。折，斷也。中，當也。

# 十二、辭賦類

姚姬傳《古文辭類纂·序目》曰：「辭賦類者，風雅之變體也，楚人最工為之，蓋非獨屈子而已。余嘗謂〈漁父〉、及〈楚人以弋說襄王〉，宋玉〈對王問遺行〉，皆設辭無事實，皆辭賦類耳，太史公、劉子政不辨，而以事實載之，蓋非是。辭賦固當有韻，然古人亦有無韻者，以義在託諷，亦謂之賦耳。漢世校書有辭賦略，其所列者甚當。昭明太子《文選》分體碎雜，其立名多可笑者，後之編集者，或不知其陋而仍之。余今編辭賦，一以漢略為法。古文不取六朝人，惡其靡也。獨辭賦則晉宋人猶有古人韻格存焉。惟齊梁以下，則辭益俳而氣益卑，故不錄耳。」

**按**：古來論文體者，皆以為辭賦出於詩。姚氏以為辭賦為風雅之變體，乃以風雅代表《詩經》，非與頌無關也。章學誠《校讎通義》云：「古者賦家者流，原本詩騷，出入戰國諸子。假設問對，莊列寓言之遺也；恢廓聲勢，蘇張縱橫之體也；排比諧隱，韓非儲說之屬也。」章氏所謂假設諧隱，乃詩之比興；恢廓聲勢，詩之賦也。由詩遞變為興於楚盛於兩漢之賦，縱橫家實為其轉捩，蓋縱橫家之辭令即由詩中簡練而出，故喜用設辭託諷之譎隱，而設辭託諷乃為辭賦之特徵。《漢書・藝文志》本劉歆七略有詩賦略。賦分四類：一為屈原賦，以言情為主；二為孫卿賦，以效物為主；三為陸賈賦，以議論為主；四為雜賦。齊梁而後以迄於唐，文則盛行駢文，詩則變為律詩，而賦亦有律賦；不但必須叶韻，且拘於駢偶形式。至宋則有散文之賦稱為散賦；如歐陽修〈秋聲賦〉，蘇軾〈赤壁賦〉，頗得古賦之遺旨。

# 歸去來辭並序

陶淵明

余家貧，耕植不足以自給。幼稚盈室❶，缾無儲粟❷。生生❸所資未見其術。親故多勸余為長吏❹，脫然有懷❺，求之靡途。會有四方之事❻，諸侯以惠愛為德；家叔❼以余貧苦，遂見用於小邑。於時風波未靜❽，心憚遠役。彭澤去家百里❾，公田之利足以為酒❿，故便求之。及少日，眷然有歸與之情⓫。何則？質性自然，非矯厲所得⓬；飢凍雖切，違己交病。嘗從人事，皆口腹自役⓭。於是悵然慷慨，深愧平生之志。猶望一稔⓮當斂裳宵逝⓯。尋程氏妹喪於武昌⓰，情在駿奔⓱，自免去職。仲秋至冬在官八十餘日。因事順心，命篇曰〈歸去來兮〉。乙巳歲十一月也。

歸去來兮！田園將蕪胡⓲不歸？既自以心為形役⓳，奚惆悵⓴而獨悲？悟已往之不諫，知來者之可追㉑；實迷途其未遠㉒，覺今是而昨非。舟遙遙以輕颺㉓，風飄飄而吹衣。問征夫㉔以前路，恨晨光之熹微㉕。

乃瞻衡宇㉖，載㉗欣載奔。僮僕歡迎，稚子候門。三徑就荒㉘，松菊猶存。攜幼入室，有酒盈樽。引壺觴㉙以自酌，眄庭柯以怡顏㉚，倚南牕以寄傲㉛，審容膝㉜之易安。園日涉以成趣，門雖設而常關。策扶老以流憩㉝，時矯首而遐觀㉞。雲無心以出岫㉟，鳥倦飛而知還。景翳翳㊱以將入，撫孤松而盤桓㊲。

歸去來兮！請息交以絕遊。世與我而相遺，復駕言㊳兮焉求？悅親戚之情話，樂琴書以消憂。農人告余以春及，將有事於西疇㊴。或命巾車㊵，或棹㊶孤舟，既窈窕以尋壑㊷，亦崎嶇㊸而經丘。木欣欣以向榮㊹，泉涓涓㊺而始流。羨萬物之得時，感吾生之行休㊻。

已矣乎！寓形宇內㊼復幾時，曷不委心任去留㊽！胡為遑遑㊾欲何之？富貴非吾願，帝鄉㊿不可期。懷良辰以孤往，或植杖而耘耔(51)。登東皋以舒嘯(52)，臨清流而賦詩，聊乘化以歸盡(53)，樂夫天命復奚疑(54)？

## 【註　釋】

❶ **幼稚盈室**　形容家中子女眾多。據淵明〈責子詩〉所言共有：阿舒、阿宣、雍、端、通等五子。

❷ **缾無儲粟**　意謂家貧無糧也。缾，同瓶。

❸ **生生**　猶言維持生活。

❹ **長吏**　謂吏秩之尊者。《漢書・景帝紀》：「吏六百石以上皆長吏也。」長，音ㄓㄤˇ。

❺ **脫然有懷**　脫然，無累貌。有懷，有求祿意念。

❻ **四方之事**　淵明當建威將軍劉敬宣參軍，奉使至建康事。四方，指諸侯。

❼ **家叔**　疑指陶宏。宏乃侃之孫，襲封長沙郡公。淵明為彭澤令，係由其叔宏所薦。

❽ **風波未靜**　指當時政治軍事局勢不得平靜，先後有桓玄造反、劉裕起兵等事。

❾ **彭澤去家百里**　彭澤在今江西省湖口縣東。淵明家在潯陽柴桑，在今江西省九江縣。

❿ **足以為酒**　宋本《靖節先生集》酒作潤。潤，潤澤生計。

⓫ **眷然有歸與之情**　眷然，懷戀貌。歸與之情，歸鄉之意也。

⓬ **矯厲所得**　矯情勵節所得改變。

⓭ **口腹自役**　猶言為生活而奔走忙碌。

⓮ **稔**　穀熟曰稔，此處一稔指一年，音ㄖㄣˇ。

⑮ **斂裳宵逝** 猶言整理衣裳，悄悄還鄉。

⑯ **尋程氏妹喪於武昌** 尋，不久也。淵明厭惡居官之苦，託辭妹喪而去官辭職。

⑰ **駿奔** 迅速奔喪。駿，迅速也。

⑱ **胡** 何也。

⑲ **心為形役** 意謂為謀生而違逆本性。

⑳ **奚惆悵** 奚，何也。惆悵，失意憂愁貌，音ㄔㄡˊ ㄔㄤˋ。

㉑ **悟已往之不諫知來者之可追** 言已往為官雖不可諫，今將歸隱田園，猶可改進違逆本性之過。《論語・微子》楚狂接輿歌曰：「往者不可諫，來者猶可追。」

㉒ **實迷途其未遠** 指違背本性為官，猶人走錯路，所幸僅八十三日，雖錯而未遠。

㉓ **颺** 通揚，搖蕩也，音ㄧㄤˊ。

㉔ **征夫** 行人。

㉕ **熹微** 微明也，指晨光未亮時刻。

㉖ **衡宇** 衡，以橫木為門也。宇，屋邊。

㉗ **載** 助詞，無義。

㉘ **三徑就荒** 園宅中小路將荒。徑，小路，以接高士，以無人行，故將荒。就，將也。

㉙ **觴** 酒器，音ㄕㄤ。

㉚ **眄庭柯以怡顏** 眼見庭樹枝葉扶疏，不覺容色愉悅。眄，斜視也，音ㄇㄧㄢˇ。

㉛ **寄傲** 寄託曠達不拘之高傲本性。

㉜ **容膝** 形容居處狹小，僅堪容膝。

㉝ **策扶老以流憩** 扶著手杖，隨處休息。策，扶也。扶老，手杖別名。以，助詞，猶而。流，往來無定。憩，休息也，音ㄑㄧˋ。

㉞ **時矯首而遐觀** 有時舉首遠望四方美景。矯首，舉首。遐，遠也，音ㄒㄧㄚˊ。

㉟ **雲無心以出岫** 浮雲由山穴而出遊，自喻無心作官。《爾雅·釋山》：「山有穴曰岫。」古人以為雲由岫出。岫，音ㄒㄧㄡˋ。

㊱ **景翳翳** 謂日光漸漸昏暗。景，日光，音ㄧㄥˇ。翳翳，漸陰暗貌，音ㄧˋ ㄧˋ。

㊲ **撫孤松而盤桓** 撫，攀也。孤松，自況其孤傲之本性。盤桓，徘徊不進也。

㊳ **駕言** 駕，乘車也，言，助詞，無義。《詩·邶風·泉水》：「駕言出遊，以寫我憂。」

㊴ **將有事於西疇** 有事，謂耕作。西疇，先人所遺之田地。按西、先古通用。疇，一井為疇，音ㄔㄡˊ。

㊵ **巾車** 車之有幕蓋帷幔者。

㊶ **棹** 同櫂，音ㄓㄠˋ，以槳蕩舟，動詞。

㊷ **窈窕以尋壑** 窈窕，深遠貌，音ㄧㄠˇ ㄊㄧㄠˇ，疊韻聯綿詞。壑，澗水，音ㄏㄨㄛˋ。

㊸ **崎嶇** 不平貌，音ㄑㄧˊ ㄑㄩ，雙聲聯綿詞。

㊹ **木欣欣以向榮** 謂樹木茂盛，生意蓬勃。欣欣，生意蓬勃貌。榮，茂盛也。

㊺ **涓涓** 水細流不絕貌。涓，音ㄐㄩㄢ。

㊻ **行休** 行其當行，休其當休。行，指昔日之出仕；休，指今日之歸隱。

㊼ **寓形宇內** 猶言生存於天地間。寓形，寄託身體、生命。宇內，猶言天下。

㊽ **曷不委心任去留** 何不委棄名利之心，順乎自然，應時而生，順理而死，則生我何樂，死我何懼。曷，何也，音ㄏㄜˊ。委，棄置也。去留，指生死。

㊾ **遑遑** 不安貌，音ㄏㄨㄤˊ。《後漢書・蘇竟傳》：「仲尼栖栖，墨子遑遑。」

㊿ **帝鄉** 上帝所居之仙都也，喻理想世界。

51 **或植杖而耘耔** 意謂有時拄著拐杖在田中除草培苗。植，立也。耘，除草，音ㄩㄣˊ。耔，壅土培苗，音ㄗˇ。

52 **登東皋以舒嘯** 皋，水田也，音ㄍㄠ。舒嘯，舒，緩也；嘯，發聲清越而悠長也。

53 **聊乘化以歸盡** 且順自然變化，以窮此生。聊，且也。乘，順也。

54 **樂夫天命復奚疑** 語本《易・繫辭》：「樂天知命故不憂。」

# 秋聲賦

歐陽修

歐陽子❶方夜讀書，聞有聲自西南來者。悚然❷而聽之，曰：異哉！初淅瀝以蕭颯❸，忽奔騰而砰湃❹，如波濤夜驚，風雨驟至。其觸於物也，鏦鏦錚錚❺，金鐵皆鳴；又如赴敵之兵，銜枚❻疾走，不聞號令，但聞人馬之行聲。余謂童子：「此何聲也？汝出視之。」童子曰：「星月皎潔，明河❼在天，四無人聲，聲在樹間。」余曰：「噫嘻悲哉！此秋聲也，胡為而來哉？」

蓋夫秋之為狀也：其色慘淡❽，煙霏雲斂❾；其容清明，天高日晶❿；其氣慄冽⓫，砭⓬人肌骨；其意蕭條⓭，山川寂寥⓮。故其為聲也，淒淒切切，呼號憤發⓯。豐草綠縟⓰而爭茂，佳木蔥籠⓱而可悅；草拂之而色變，木遭之而葉脫。其所以摧敗零落者，乃其一氣之餘烈⓲。

夫秋，刑官也⑲，於時為陰⑳；又兵象㉑也，於行為金㉒。是謂天地之義氣，常以肅殺而為心㉓。天之於物，春生秋實，故其在樂也，商聲主西方之音㉔，夷則為七月之律㉕。商，傷也，物既老而悲傷；夷，戮也，物過盛而當殺。

嗟乎！草木無情，有時飄零。人為動物，惟物之靈；百憂感其心，萬事勞其形，有動於中，必搖其精。而況思其力之所不及，憂其智之所不能，宜其渥然㉖丹者為槁木，黟然黑者為星星㉗。奈何以非金石之質，欲與草木而爭榮？念誰為之戕賊㉘，亦何恨乎秋聲！」童子莫對，垂頭而睡。但聞四壁蟲聲唧唧㉙，如助余之歎息。

【註　釋】

❶ **歐陽子**　歐陽修自稱。
❷ **悚然**　驚懼的樣子。
❸ **淅瀝以蕭颯**　淅瀝的雨聲，夾雜著呼嘯的風聲。淅瀝，細雨聲。蕭颯，風聲。颯，音ㄙㄚ。

❹ **砰湃** 即澎湃，波浪沖擊聲。這裡指風聲。

❺ **鏦鏦錚錚** 金屬撞擊聲。鏦，音ㄘㄨㄥ。錚，音ㄓㄥ。

❻ **銜枚** 枚，小木狀如箸。古代行軍，令士兵口含枚，以防喧嘩，洩漏軍中秘密。

❼ **明河** 明亮的銀河。

❽ **慘淡** 秋天草木枯黃，陰暗無色。

❾ **煙霏雲斂** 煙氣飛散，雲氣消失。

❿ **日晶** 陽光明亮。

⓫ **慄冽** 即凜冽，寒冷也。音ㄌㄧˋ ㄌㄧㄝˋ。

⓬ **砭** 古代治病的石針，此處作動詞用，針刺之意。音ㄅㄧㄢ。

⓭ **蕭條** 寂寥冷落。

⓮ **寂寥** 寂靜空虛。無聲為寂，無影曰寥。

⓯ **憤發** 發憤，憤，憤怒。

⓰ **綠縟** 碧綠茂盛。縟，繁盛，音ㄖㄨˋ。

⓱ **蔥蘢** 草木青翠茂盛的樣子。音ㄘㄨㄥ ㄌㄨㄥˊ。

⓲ **餘烈** 剩餘的威力。

⓳ **夫秋刑官也** 秋天是刑官執行刑罰的季節。《周禮》將官職依天地春夏秋冬分為六官。因秋有肅殺之氣，所以把刑官分屬於秋。

⑳ **於時為陰** 古人以陰陽配合四時，春夏分屬於陽，秋冬分屬於陰。

㉑ **兵象** 戰爭的徵兆。

㉒ **於行為金** 行即金、木、水、火、土五行。春屬木，夏屬火，秋屬金，冬屬水。《漢書・五行志》：「金，西方，萬物既成，殺氣之始也。」

㉓ **以肅殺而為心** 古人以秋天為決獄訟、征不義、誅暴慢的時節。

㉔ **商聲主西方之音** 五音中的商音代表西方聲律。按我國古代樂理，分宮、商、角、徵、羽五音。

㉕ **夷則為七月之律** 十二律的夷則，是七月的聲律。《史記・律書》：「七月，律中夷則。夷則，言陰氣之賊萬物也。」

㉖ **渥然** 潤澤的樣子。音ㄨㄛˋ。

㉗ **黟然黑者為星星** 黟然，烏黑的樣子。黟，音ㄧ。星星，頭髮斑白的樣子。左思〈白髮賦〉：「星星白髮，生于鬢垂。」

㉘ **戕賊** 傷害、摧殘。戕，殺害也，音ㄑㄧㄤˊ。

㉙ **唧唧** 蟲叫聲，音ㄐㄧˊ。

# 前赤壁賦

蘇　軾

壬戌❶之秋，七月既望❷，蘇子與客泛舟遊於赤壁❸之下。清風徐來，水波不興。舉酒屬客❹，誦明月之詩，歌窈窕之章❺。少焉，月出於東山之上，徘徊於斗牛之間❻。白露橫江，水光接天。縱一葦之所如❼，凌萬頃之茫然❽。浩浩乎如馮虛御風❾，而不知其所止；飄飄乎如遺世❿獨立，羽化而登仙⓫。

於是飲酒樂甚，扣舷⓬而歌之。歌曰：「桂棹兮蘭槳⓭，擊空明兮泝流光⓮。渺渺⓯兮予懷，望美人⓰兮天一方。」客有吹洞簫⓱者，倚歌而和之，其聲嗚嗚然⓲：如怨、如慕、如泣、如訴；餘音嫋嫋⓳，不絕如縷；舞幽壑之潛蛟⓴，泣孤舟之嫠婦㉑。

蘇子愀然㉒，正襟危坐㉓而問客曰：「何為其然也？」客曰：「『月明星稀，烏鵲南飛』❷❹，此非曹孟德❷❺之詩乎？西望夏口❷❻，東望武昌❷❼；山川相繆❷❽，鬱乎蒼蒼❷❾。此非孟德之困於周郎❸⓿者乎？方其破荊州，下江陵❸❶，順流而東也，舳艫千里，旌旗蔽空❸❷，釃酒❸❸臨江，橫槊賦詩❸❹，固一世之雄也，而今安在哉！況吾與子，漁樵於江渚❸❺之上，侶魚蝦而友麋鹿；駕一葉之扁舟❸❻，舉匏樽❸❼以相屬；寄蜉蝣❸❽於天地，渺滄海之一粟。哀吾生之須臾，羨長江之無窮。挾飛仙以遨遊，抱明月而長終❸❾；知不可乎驟得❹⓿，託遺響❹❶於悲風。」

蘇子曰：「客亦知夫水與月乎？逝者如斯，而未嘗往也❹❷；盈虛者如彼，而卒莫消長也❹❸。蓋將自其變者而觀之，則天地曾不能以一瞬；自其不變者而觀之，則物與我皆無盡也。而又何羨乎？且夫天地之間，物各有主。苟非吾之所有，雖一毫而莫取；惟江上之清風，與山間之明月；耳得之而為聲，目遇之而成色。取之無禁，用之不竭。是造物者之無盡藏❹❹也，而吾與子之所共適❹❺。」客喜而笑，洗盞更酌。肴核❹❻既盡，杯盤狼藉❹❼。

相與枕藉㊽乎舟中，不知東方之既白。

## 【註　釋】

❶ **壬戌**　宋神宗元豐五年，歲次壬戌（西元一〇八二年）東坡年四十七。

❷ **既望**　十六日也。望，月滿也。陰曆月小在十五日，月大在十六日；日在東，月在西，遙遙相望，故曰望。

❸ **赤壁**　東坡所遊之赤壁，乃湖北黃岡縣城外之赤鼻磯。孫劉破曹之赤壁，則在湖北嘉魚縣東北江濱。時東坡謫居黃州，與客乘夜泛舟，有感於萬物盛衰消長之理，因作此賦；特借曹、周事發端，非真以黃州赤壁為曹、孫戰鬥之地也。

❹ **舉酒屬客**　為客倒酒。屬，同囑，猶勸也，音ㄓㄨˇ。

❺ **誦明月之詩歌窈窕之章**　明月之詩，指《詩·陳風·月出篇》。窈窕之章，指〈月出篇〉之首章。

❻ **徘徊於斗牛之間**　徘徊，流連不進貌。斗，北斗星。牛，牽牛星。

❼ **縱一葦之所如**　縱，放也。一葦，喻小舟。如，往也。

❽ **茫然**　廣大無邊貌。

❾ **浩浩乎如馮虛御風**　浩浩乎猶浩浩然，廣大貌。馮虛御風，寄身太空，乘風而行。馮，

同憑。虛，太空。

⑩ **遺世** 猶離開世間。

⑪ **羽化而登仙** 《抱朴子・對俗篇》：「古之得仙者，或身生羽翼，變化飛行。」登仙，成仙也。

⑫ **扣舷** 敲擊船邊以為歌唱之節拍。舷，船邊，音ㄒㄧㄢˊ。

⑬ **桂棹兮蘭槳** 行船撥水用具，長曰棹，短曰槳。

⑭ **擊空明兮泝流光** 空明，水中之月也。泝，逆水上行，音ㄙㄨˋ。流光，隨波流動之月光。

⑮ **渺渺** 悠遠貌。

⑯ **美人** 指知心人、意中人、或指國君。《楚辭》中常以「美人」喻賢人君子，聖主哲王。

⑰ **洞簫** 樂器名。

⑱ **嗚嗚然** 狀洞簫聲。

⑲ **嫋嫋** 狀簫聲之悠長，音ㄋㄧㄠˇ。

⑳ **舞幽壑之潛蛟** 使潛藏深壑中之蛟龍起舞。幽壑，深谷也。

㉑ **泣孤舟之嫠婦** 使孤舟中之寡婦哭泣。嫠婦，寡婦也。嫠，音ㄌㄧˊ。

㉒ **愀然** 變色貌。愀，音ㄑㄧㄠˇ。

23 **正襟危坐** 整理衣襟，直身端坐。危，直也。

24 **月明星稀烏鵲南飛** 曹操〈短歌行〉句，作於赤壁，有招降反側，及時立功之意。

25 **曹孟德** 曹操，字孟德，東漢沛國譙人。為人雄武有智略，兼工詩文。

26 **夏口** 今湖北漢口。

27 **武昌** 今湖北武昌。

28 **山川相繆** 山水纏繞。繆，纏繞也，音ㄇㄡˊ。

29 **鬱乎蒼蒼** 形容草木青翠茂盛之貌。

30 **周郎** 指周瑜。郎，少年男子之稱，瑜字公瑾，廬江舒人，少年統兵，吳中稱為周郎。

31 **破荊州下江陵** 荊州，今湖北襄陽。江陵，今湖北江陵縣。建安十三年，荊州刺史劉表卒，其子琮舉州降操，劉備遂奔江陵，操又進兵江陵，順流東下。

32 **舳艫千里旌旗蔽空** 形容軍艦旌旗之多。舳，船尾，音ㄓㄨˊ。艫，船頭，音ㄌㄨˊ。旌，竿上飾有旄牛尾及五彩羽毛之旗，音ㄐㄧㄥ。

33 **釃酒** 謂酌酒也。釃，以筐濾酒而去其糟，音ㄙ。

34 **橫槊賦詩** 喻文武全才。槊，丈八長矛也，音ㄕㄨㄛˋ。

35 **渚** 水中陸地。

36 **扁舟** 小船也。扁，音ㄆㄧㄢ。

37 **匏樽** 以匏為樽。匏，葫蘆，音ㄆㄠˊ。

㊳ **蜉蝣** 小蟲名，朝生暮死，壽命極短。

㊴ **挾飛仙以遨遊抱明月而長終** 猶言與飛仙同遊，與明月長存。

㊵ **驟得** 速得也。

㊶ **遺響** 餘音。

㊷ **逝者如斯而未嘗往也** 意謂水雖不斷流逝，而其本體實未嘗變動。如斯，指江水。

㊸ **盈虛者如彼而卒莫消長也** 意謂月亮雖有盈虛圓缺，然終究未嘗增減。如彼，指月。

㊹ **造物者之無盡藏** 謂大自然無窮盡之府庫。造物者，謂創造萬物者，指自然。藏，謂倉庫，音ㄗㄤˋ。

㊺ **適** 悅也、樂也。蘇軾〈赤壁賦〉手稿，適作食。食，即享用、享受之意。

㊻ **肴核** 肴，魚肉類煮熟者之總稱，音ㄧㄠˊ，又讀音ㄒㄧㄠˊ。核，棗梅桃李等果實之有核者。

㊼ **狼藉** 散亂。《通俗篇》引《蘇氏演義》云：「狼藉草而臥，去則滅亂，故凡物之縱橫散亂者，謂之狼藉。」藉，音ㄐㄧˊ。

㊽ **枕藉** 相枕而睡。枕，音ㄓㄣˋ。藉，音ㄐㄧㄝˋ。

# 後赤壁賦

蘇　軾

是歲十月之望❶，步自雪堂❷，將歸于臨皋❸，二客❹從予過黃泥之坂❺。霜露既降，木葉盡脫，人影在地，仰見明月，顧而樂之，行歌相答。已而❻歎曰：「有客無酒，有酒無肴；月白風清，如此良夜何？」客曰：「今者薄暮❼，舉網得魚，巨口細鱗，狀似松江之鱸❽。顧❾安所得酒乎？」歸而謀諸❿婦⓫，婦曰：「我有斗⓬酒，藏之久矣，以待子不時之需！」於是攜酒與魚，復游於赤壁之下。

江流有聲，斷岸⓭千尺；山高月小，水落石出；曾日月之幾何，而江山不可復識矣！予乃攝衣⓮而上，履巉巖⓯，披蒙茸⓰，踞虎豹⓱，登虬龍⓲，攀栖鶻之危巢⓳，俯馮夷之幽宮⓴；蓋二客不能從焉。劃然長嘯㉑，草木震動，山鳴谷應，風起水湧，予亦悄然㉒而悲，肅然㉓而恐，凜乎㉔其不可留也！反而登舟，放乎中流，聽其所止而休焉。

時夜將半，四顧寂寥㉕。適有孤鶴㉖橫江東來，翅如車輪，玄裳縞衣㉗，戛然㉘長鳴，掠㉙予舟而西也。須臾客去，予亦就睡。夢一道士羽衣蹁躚㉚，過臨臯之下，揖予而言曰：「赤壁之遊樂乎？」問其姓名，俛㉛而不答。嗚呼噫嘻㉜！我知之矣！疇昔㉝之夜飛鳴而過我者，非子也耶？道士顧笑，予亦驚悟；開戶視之，不見其處。

## 【註釋】

❶ **望** 指月滿。陰曆小月十五日，大月十六日，日在東，月在西，遙遙相望，故曰望。

❷ **雪堂** 東坡年四十七，以詩獄貶黃州，寓居臨臯亭，日以困窮，乃請舊營地躬耕，名曰東坡，就東坡築堂，以大雪中為之，故曰雪堂，並以東坡居士自號。

❸ **臨臯** 今黃岡縣南長江濱。

❹ **二客** 其一為楊世昌，四川綿竹武都山道士，字子京，與東坡嘗兩次偕遊赤壁。

❺ **黃泥之坂** 雪堂與臨臯間之通路。之，助詞。坂通陂，山坡也。

❻ **已而** 猶既而，旋，不久，屬時間副詞。

❼ **薄暮** 傍晚。薄，近也。

❽ **松江之鱸** 指江蘇松江縣所產四顋鱸。鱸，魚名，味美。

❾ **顧** 猶白話但是、只是、不過，屬連詞。

❿ **諸** 「之於」二字之連讀。用於句末時，為「之乎」二字之連讀。

⓫ **婦** 東坡繼室王夫人，蜀郡眉山青神人。

⓬ **斗** 酒器。

⓭ **斷岸** 絕壁、絕崖。

⓮ **攝衣** 提衣。

⓯ **履巉巖** 踐行於險峻岩石。巉巖，險峻岩石。巉，音ㄔㄢˊ。

⓰ **披蒙茸** 分開叢草。蒙茸，草卉叢生貌。茸，音ㄖㄨㄥˊ。

⓱ **踞虎豹** 蹲坐於形如虎豹之石頭。踞，蹲坐也，音ㄐㄩˋ。。

⓲ **登虬龍** 攀登形如虬龍屈曲之樹木。《說文通訓定聲》：「龍，雄有角，雌無角。龍子一角者曰蛟，兩角者曰虬，無角者曰螭。」虬，音ㄑㄧㄡˊ，虯之俗字。

⓳ **攀栖鶻之危巢** 栖，同棲，休息也，音ㄑㄧ。鶻，又名隼，鷹屬，多築巢於深山高樹間。危，高而險也。

⓴ **俯馮夷之幽宮** 向下探視水神之深宮。馮夷，水神名，即河伯，馮，音ㄆㄧㄥˊ。幽，深也。

㉑ **劃然長嘯** 如刀破物聲，一聲長鳴。劃然，刀破物聲。

㉒ **悄然** 悲愁貌。悄，音ㄑㄧㄠˇ。

㉓ **肅然** 敬畏貌。

㉔ **凜乎** 猶凜然，淒涼貌。

㉕ **寂寥** 寂靜空洞之義。《老子》：「寂兮寥兮。」王注：「寂者無音聲，寥者空無形。」

㉖ **鶴** 鳥名，通稱仙鶴。

㉗ **玄裳縞衣** 鶴體白尾黑，故以玄裳縞衣稱之。玄，黑色。縞，白絹。上曰衣，下曰裳。

㉘ **戛然** 聲音清脆貌。此處形容白鶴之鳴聲。戛，音ㄐㄧㄚˊ。

㉙ **掠** 斜飛而過。如「燕掠平蕪去」，見李頻詩。

㉚ **蹁躚** 盤旋飛行貌，音ㄆㄧㄢˊ ㄒㄧㄢ。

㉛ **俛** 同俯，低頭也，音ㄈㄨˇ。

㉜ **嗚呼噫嘻** 皆感嘆詞。

㉝ **疇昔** 猶往昔、往日。疇，音ㄔㄡˊ。

# 十三、哀祭類

姚姬傳《古文辭類纂・序目》曰：「哀祭類者，詩有頌，風有〈黃鳥〉、〈二子乘舟〉，皆其原也。楚人之辭至工，後世惟退之、介甫而已。」

**按**：哀祭類中以祭文為主，東漢杜篤之〈祭延鐘文〉為最早之祭文。祭文有用以追祭古人者，如韓愈〈祭田横墓文〉。有用以祭親屬者，如韓愈〈祭十二郎文〉。有用以祭師友者，如歐陽修〈祭石曼卿文〉，李翱〈祭吏部韓侍郎文〉。有代機關團體公祭者，如蘇轍代三省〈祭司馬丞相文〉。有自祭者，如陶潛〈自祭文〉。祭文因須宣讀，故以韻語為多，如陸機〈弔魏武帝文〉。亦有全用散文不叶韻者，如韓愈〈祭十二郎文〉。哀祭類除祭文外，尚有哀辭，用於卑幼夭折不以壽終者，故以哀痛為主，如班固〈梁氏哀辭〉。亦名悲文者，如蔡邕〈悲溫敘文〉。誄本用以定謚。古者天子崩則稱天以誄；卿大夫卒則君誄之。魯哀公誄孔子有誄無謚；柳下惠之妻誄其夫為私誄之始；後世顏延之〈陶徵士誄〉是也。大致先述世系行業，而後致其哀思。哀頌者，用以頌揚死者功德，如東漢張紘〈陶侯哀頌〉。弔文者，用以弔悼古人，如賈誼〈弔屈原文〉，其體裁仿騷賦。唐李華〈弔古戰場文〉，但抒感慨而已。公文中之哀策亦歸此類，如東漢李尤〈和帝哀策〉。祝盟者，亦告祭之文，如漢高祖〈白馬盟辭〉。陸贄〈擬告謝世代宗廟文〉，或告神祇、或告祖宗，皆無哀思。

# 祭十二郎文

韓　愈

年月日❶，季父❷愈聞汝喪之七日，乃能銜哀致誠❸，使建中遠具時羞之奠❹，告汝十二郎之靈：

嗚呼！吾少孤❺，及長不省所怙❻，惟兄嫂是依❼。中年兄歿南方❽，吾與汝俱幼，從嫂歸葬河陽❾。既又與汝就食江南❿。零丁⓫孤苦，未嘗一日相離也。吾上有三兄，皆不幸早世⓬。承先人後者，在孫惟汝，在子惟吾；兩世一身⓭，形單影隻。嫂嘗撫汝指吾而言曰：「韓氏兩世，惟此而已！」汝時尤小當不復記憶；吾時雖能記憶，亦未知其言之悲也。

吾年十九始來京城。其後四年而歸視汝；又四年吾往河陽省墳墓⓮，遇汝從嫂喪⓯來葬。又二年吾佐董丞相⓰於汴州⓱，汝來省吾；止一歲⓲，請歸取其孥。明年丞相薨⓳。吾去汴州，汝不果來⓴。是年吾佐戎徐州㉑，使取汝者始行，吾又罷去，汝又不果來。吾念汝從於東，東亦客也，不可以久；圖久遠者莫如西歸，將成家而致汝㉒。嗚呼！孰謂㉓汝遽㉔去吾而歿乎？吾與汝俱少年，以為雖暫相別，終當久與相處，故捨汝而旅食京師㉕，以求斗斛之祿㉖；誠知其如此，雖萬乘之公相㉗，吾不以一日輟汝而就㉘也。

去年孟東野㉙往，吾書與汝曰：「吾年未四十，而視茫茫㉚，而髮蒼蒼㉛，而齒牙動搖。念諸父㉜與諸兄㉝皆康彊而早世。如吾之衰者其㉞能久存乎？吾不可去，汝不肯來，恐旦暮死，而汝抱無涯之戚也！」孰謂少者歿而長者存，彊者夭而病者全乎！嗚呼！其信然邪？其夢邪？其傳之非其真邪？信也，吾兄之盛德而夭其嗣乎？汝之純明㉟而不克蒙其澤㊱乎？少者、彊者而夭歿，長者、衰者而存全乎？未可以為信也，夢也，傳之非其真也，東野之書，耿蘭㊲之報，何為而在吾側也？嗚呼！其信然矣！吾兄之盛德而夭其嗣矣！汝之純明宜業其家者，不克蒙其澤矣！所謂天者誠難測，而神者誠難明矣！所謂理者不可推，而壽者不可知矣！雖然，吾自今年來，蒼蒼者或化而為白矣，動搖者或脫而落矣。毛血㊳日益衰，志氣日益微，幾何不從汝而死也。死而有知，其幾何離㊴；其無知，悲不幾時㊵，而不悲者無窮期矣。汝之子㊶始十歲，吾之子㊷始五歲；少而彊者不可保，如此孩提者又可冀其成立邪！嗚呼哀哉！嗚呼哀哉！

汝去年書云：「比得輭腳病㊸，往往而劇。」吾曰：「是疾也，江南之人，常常有之。」未始以為憂也。嗚呼！其竟以此而殞其生乎？抑別有疾而至斯乎？汝之書，六月十七日也。東野云，汝歿以六月二日；耿蘭之報無月日。蓋東野之使者，不知問家人以月日；如㊹耿蘭之報，不知當言月日。東野與吾書乃問使者，使者妄稱以應之耳。其然乎？其不然乎？

今吾使建中祭汝，弔汝之孤與汝之乳母。彼有食可守以待終喪，則待終喪而取以來；如不能守以終喪則遂取以來。其餘奴婢並令守汝喪。吾力能改葬終葬汝於先人之兆㊺，然後惟其所願。

嗚呼！汝病吾不知時，汝歿吾不知日；生不能相養以共居，歿不得撫汝以盡哀；斂[46]不憑其棺，窆[47]不臨其穴。吾行負神明而使汝夭；不孝不慈，而不得與汝相養以生，相守以死。一在天之涯，一在地之角，生而影不與吾形相依，死而魂不與吾夢相接。吾實為之，其又何尤[48]？彼蒼者天，曷其有極[49]！自今已往吾其無意於人世矣！當求數頃之田於伊潁[50]之上以待餘年，教吾子與汝子幸其成[51]；長吾女與汝女待其嫁[52]，如此而已。嗚呼！言有窮而情不可終，汝其知也邪？其不知心也邪？嗚呼哀哉！尚饗[53]！

## 【註釋】

❶ **年月日** 《文苑英華》作「貞元十九年五月二十六日」。

❷ **季父** 叔父中之最幼者。古時兄弟以伯仲叔季排行，韓愈上有三兄，故自稱季父。

❸ **銜哀致誠** 含著悲哀，盡其誠意。銜，含也。致，盡也。

❹ **時羞之奠** 以應時食物作祭品。羞，同饈，食物。奠，音ㄉㄧㄢˋ，此處當名詞用，指祭品。

❺ **吾少孤** 《孟子．梁惠王》：「幼而無父曰孤。」愈父仲卿卒於大曆五年，時愈方三

歲。

❻ **不省所怙** 猶言不識其父。《詩・小雅・蓼莪》：「無父何怙，無母何恃。」後人因稱喪父為失怙。省，知道、了解，音ㄒㄧㄥˇ。怙，依賴也，音ㄏㄨˋ。

❼ **惟兄嫂是依** 只有依靠哥哥嫂嫂生活。此句乃「惟依兄嫂」之倒裝句。外動詞與賓語倒裝時，中間加「是」，或「之」字，如《韓詩外傳》：「惟事之恤」。兄，指韓會。嫂，指鄭夫人。

❽ **中年兄歿南方** 韓會卒於韶州刺史任內，時年四十二，故曰中年。

❾ **河陽** 今河南省孟縣。

❿ **就食江南** 猶言到江南謀生。江南指宣州，今安徽省宣城縣。

⓫ **零丁** 孤單寂寞貌。或作伶丁、伶仃。

⓬ **早世** 早年逝世。

⓭ **兩世一身** 兩代單傳。

⓮ **省墳墓** 探看、祭掃墳墓。省，探看、祭掃也，音ㄒㄧㄥˇ。

⓯ **嫂喪** 指十二郎母鄭夫人之喪器。喪器，即靈柩。

⓰ **董丞相** 即董晉，曾任宰相五年。貞元十二年（西元七九六年）董晉出任宣武軍節度使，汴州刺史，舉韓愈為觀察推官。

⓱ **汴州** 今河南省開封縣。

⑱ **止一歲** 停留、居住一年。

⑲ **丞相薨** 古時公侯死稱薨，音ㄏㄨㄥ。貞元十五年（西元七九九年）二月，董晉病卒。

⑳ **汝不果來** 你不能來。果，能也。一說果，終，竟也。

㉑ **佐戎徐州** 佐戎，助理軍務。汴軍亂，愈往徐州依武寧軍節度使張建封，建封薦為節度推官。

㉒ **將成家而致汝** 將成立家業，招致你同來居住。致，招致也。

㉓ **孰謂** 誰知道、誰想到。

㉔ **遽** 猶突然、驟然，音ㄐㄩˋ。

㉕ **旅食** 猶就食、寄食。

㉖ **斗斛之祿** 猶升斗之祿，形容薪俸之微薄。斛，十斗，音ㄏㄨˊ。

㉗ **萬乘公相** 指擁有萬乘車馬之大官員。古時一車四馬為一乘。

㉘ **輟汝而就** 離開你去就任官職。輟，停止；即停止見你，離開你之意。

㉙ **孟東野** 孟郊，字東野，唐代詩人，為愈之友。

㉚ **茫茫** 視不明貌。

㉛ **蒼蒼** 灰白色。

㉜ **諸父** 伯父、叔父也。愈父仲卿，另有叔父三人：少卿、雲卿、紳卿。

㉝ **諸兄** 愈之兄有會、介、弇三人。

㉞ **其** 猶豈。

㉟ **純明** 指德性之純潔清明。

㊱ **不克蒙其澤** 不能承受其父之福澤。克，能也。澤，恩惠。

㊲ **耿蘭** 僕人名。

㊳ **毛血** 猶言體力。毛，毛髮。血，血氣。

㊴ **死而有知其幾何離** 而，猶如、若、倘，假設連詞。其，猶則，相當白話「那麼」。

㊵ **其無知悲不幾時** 其，猶若，假設連詞。

㊶ **汝之子** 老成有二子：長曰湘，次曰滂。此指湘。

㊷ **吾之子** 韓愈子名昶。

㊸ **比得軟腳病** 比，近年也，音ㄅㄧˋ。軟腳病，因缺乏維他命B而引起之腳腿浮腫病。

㊹ **如** 猶而也。

㊺ **兆** 墳墓周圍之地。

㊻ **斂** 同殮，音ㄌㄧㄢˋ，為死者易服入棺。

㊼ **窆** 將棺木下葬於墓穴，音ㄅㄧㄢˇ。

㊽ **尤** 怨恨。

㊾ **曷其有極** 哀痛何時能夠終了。曷，何時。極，盡也。一說哀痛苦難何至此極。

㊿ **伊潁** 二水名。伊水源出河南省盧氏縣東南，流入洛水。潁水源出河南省登封縣西境潁

谷，東南注入淮水。

51 **教吾子與汝子幸其成**　十二郎長子湘，長慶三年成進士。愈子昶，長慶四年成進士。

52 **長吾女與汝女待其嫁**　十二郎女兒無所聞。韓愈有二女：一嫁古文家李漢，一嫁蔣係，官至右僕射。

53 **尚饗**　希望享食祭品。此為祭文結尾之習慣用語。尚，希望。饗，享食。

# 祭石曼卿文

歐陽修

惟❶治平四年❷七月日，具官❸歐陽修，謹遣尚書都省令史❹李敭至于太清❺，以清酌❻庶羞❼之奠❽，致祭于亡友曼卿之墓下，而弔之以文曰：

嗚呼！曼卿！生而為英❾，死而為靈❿。其同乎萬物生死而復歸於無物者，暫聚之形；不與萬物共盡而卓然⓫其不朽者，後世之名。此自古聖賢莫不皆然。而著在簡冊⓬者昭如日星。

嗚呼！曼卿！吾不見子久矣，猶能髣髴⓭子之平生。其軒昂磊落⓮，突兀崢嶸⓯，而埋藏於地下者，意其不化為朽壤而為金玉之精。不然，生長松之千尺，產靈芝而九莖⓰。奈何荒煙野蔓，荊棘⓱縱橫，風淒露下，走燐飛螢；但見牧童樵叟⓲歌唫而上下，與夫驚禽駭獸悲鳴躑躅而咿嚶⓳！今固如此，更千秋而萬歲兮，安知其不穴藏狐貉⓴與鼯鼪㉑？此自古聖賢亦皆然兮，獨不見夫纍纍乎㉒曠野與荒城！

嗚呼！曼卿！盛衰之理吾固知其如此，而感念疇昔㉓，悲涼悽愴㉔，不覺臨風而隕涕者，有愧乎太上之忘情㉕。尚饗㉖！

## 【註釋】

❶ **惟** 發語詞，又名發聲詞。

❷ **治平四年** 治平，宋英宗年號，四年，西元一〇六七年。

❸ **具官** 舊稱備具官爵履歷者。治平四年，作者除觀文殿學士，轉刑部尚書，知亳州。

❹ **尚書都省令史** 尚書省，古官署名，置左右僕射，下統六部。令史，主文書之官。

❺ **太清** 地名，位於今河南省東部。石曼卿之先塋在此。

❻ **清酌** 酒之別稱，亦為祭祀用酒之專稱。

❼ **庶羞** 猶言各種美味。肴美曰羞，品多曰庶。

❽ **奠** 置酒食而祭也，音ㄉㄧㄢˋ。

❾ **英** 《淮南子・泰族》：「智過萬人者謂之英。」

❿ **靈** 神靈也。

⓫ **卓然** 特異出眾貌。

⑫ **簡冊** 猶言書籍。古時無紙，連編竹簡成冊以紀事，謂之簡冊。

⑬ **髣髴** 依稀貌，見不審貌。音ㄈㄤˇ ㄈㄨˊ。

⑭ **軒昂磊落** 軒昂，意態不凡貌。磊落，儀容俊偉也，一說胸懷坦白也。磊，音ㄌㄟˇ。

⑮ **突兀崢嶸** 突兀，高出貌。崢嶸，高俊貌，音ㄓㄥ ㄖㄨㄥˊ。

⑯ **產靈芝而九莖** 靈芝為紫芝之異名，古人以為長生不老之藥。《漢書·武帝紀》：「元封二年，甘泉宮產芝九莖。」

⑰ **荊棘** 荊，楚木也。棘，酸棗之樹也。

⑱ **樵叟** 斫柴之老人，叟，音ㄙㄡˇ。

⑲ **悲鳴躑躅而咿嚶** 躑躅，行不進貌，音ㄓˊ ㄓㄨˊ。與踟躕同。咿嚶，鳥獸聲，音ㄧ ㄧㄥ。《埤雅》引《禽獸》：「雞鳴咿咿，鶯鳴嚶嚶。」晁補之〈豆葉黃詩〉：「豖豚啼咿咿。」

⑳ **狐貉** 狐，形似犬而瘦。貉，形似狸，音ㄏㄜˊ。

㉑ **鼯鼪** 鼯，形似松鼠，音ㄨˊ。鼪，即鼬，一名黃鼠狼，音ㄕㄥ。

㉒ **纍纍乎** 相連不絕貌。乎，猶然。

㉓ **疇昔** 謂前日也。《禮記·檀弓》：「予疇昔之夜。」鄭注：「疇，發聲也。昔，猶前也。」

㉔ **悽愴** 悲傷也，音ㄑㄧ ㄔㄨㄤˋ。《禮·祭義》：「霜露既降，君子履之，必有悽愴之

心。」

㉕ **太上之忘情** 上聖之人能忘懷喜怒哀樂之情。太上，謂人之最上者，上聖之人也。

㉖ **尚饗** 希望鬼神享食祭品，祭文結尾習慣用語。尚，希望。饗，享食也。

# 祭歐陽文忠公文

蘇　軾

嗚呼哀哉！公之生於世六十有六年，民有父母❶，國有蓍龜❷，斯文有傳❸，學者有師❹；君子有所恃而不恐，小人有所畏而不為。譬如大川喬嶽❺，雖不見其運動，而功利之及於物者，蓋不可以數計而周知。

今公之沒也，赤子❻無所仰庇❼，朝廷無所稽疑❽；斯文化為異端❾，而學者至於用夷❿；君子以為無與為善，而小人沛然⓫自以為得時。譬如深山大澤，龍亡而虎逝，則變怪雜出，舞鰌鱓⓬而號狐狸。

昔公之未用也，天下以為病；而其既用也，則又以為遲⓭。及其釋位而去⓮也，莫不冀其復用；至其請老而歸⓯也，莫不惆悵⓰失望，而猶庶幾⓱於萬一者，幸公之未衰。孰謂公無復有意於斯世也，奄⓲一去而莫予追。豈厭世之溷濁⓳，潔身而逝乎？將民之無祿⓴，而天莫之遺？

昔我先君㉑，懷寶遁世㉒，非公則莫能致；而不肖㉓無狀㉔，因緣㉕出入，受教於門下㉖者十有六年於茲。聞公之喪，義當匍匐往弔㉗，而懷祿不去㉘，愧古人以忸怩㉙，緘辭㉚千里以寓一哀而已矣；蓋上以為天下慟㉛，而下以哭吾私！

## 【註　釋】

❶ **民有父母**　歐公為官能愛民如子，故人民敬之如父母。《詩・小雅・南山有臺》：「樂只君子，民之父母。」

❷ **國有蓍龜**　歐公見解卓越，國有大事每問詢之，有如龜蓍可解疑惑。蓍，蓍草；龜，龜甲，古人用以卜卦決疑。

❸ **斯文有傳**　斯文，指古聖先賢之道德文章。傳，得人傳播也。《論語・子罕》：「天之將喪斯文也。」

❹ **學者有師**　歐公提倡古文，天下學者莫不師法之。曾鞏、王安石、蘇軾、蘇轍等皆出其門下。

❺ **喬嶽**　高山。

❻ **赤子**　喻人民。《書・康誥》：「如保赤子。」

❼ **仰庇** 仰望庇護。庇，音ㄅㄧˋ。

❽ **稽疑** 查考疑難。稽，考也。

❾ **異端** 凡背於正道之學說曰異端。《論語·為政》：「攻乎異端；斯害也已。」

❿ **用夷** 夷，指外國傳入之佛教。《孟子·滕文公》：「吾聞用夏變夷者，未聞變於夷者也。」用夷，指用夷變夏。

⓫ **沛然** 自恣縱貌。

⓬ **鰌鱓** 即鰍鱔。鰌，音ㄑㄧㄡ。鱓，音ㄕㄢˋ。

⓭ **其既用也則又以為遲** 仁宗嘉祐五年（西元一〇六〇年）歐公始任樞密副使。六年轉參知政事，為副相，時年已五十七，故曰以為遲。

⓮ **釋位而去** 英宗治平四年（西元一〇六七年）歐公罷參知政事出知亳州（今安徽亳縣）。

⓯ **請老而歸** 神宗熙寧四年，歐公以觀文殿學士退休，歸穎川，時年已六十五，故曰請老而歸。請老，因年老而辭職也。

⓰ **惆悵** 失意憂愁貌，音ㄔㄡˊ ㄔㄤˋ。

⓱ **庶幾** 希望，有時單用「庶」，如諸葛亮〈出師表〉：「庶竭駑鈍。」

⓲ **奄** 忽然，音ㄧㄢˇ。

⓳ **溷濁** 混亂污濁。溷，音ㄏㄨㄣˋ。

⓴ **將民之無祿** 將，猶白話「或是」。無祿，無福。

㉑ **先君** 指東坡之父洵。稱已故之父親曰先君。

㉒ **懷寶遁世** 謂懷藏才德，不拯救國家之迷亂也。寶，喻人之才德。遁世，隱退而不出仕。

㉓ **不肖** 不才、不賢。《說文》：「肖，骨肉相似也，不似其先，故曰不肖。」《孟子・萬章》：「丹朱之不肖，舜之子亦不肖。」

㉔ **無狀** 無善狀也，亦不肖之意。《漢書・賈誼傳》：「自傷為傅無狀。」

㉕ **因緣** 猶言機會、機緣。「因」字他本作「夤」。夤緣，攀附上升之意。

㉖ **受教於門下** 嘉祐二年（西元一〇五七年），歐公典試禮部，取軾為第二名，故軾自稱門下。

㉗ **匍匐往弔** 言急迫前往弔喪也。匍匐，音ㄆㄨˊ ㄈㄨˊ，手足並用伏地而行，言急迫之至也。弔，安慰死者家屬。

㉘ **懷祿不去** 貪懷祿位不去弔喪。古之為官者，不得任意擅離職守，故東坡不能前往弔喪，事非得已。

㉙ **忸怩** 羞慚貌，音ㄋㄧㄡˇ ㄋㄧˊ。

㉚ **緘辭** 封寄祭辭。

㉛ **慟** 大哭也，音ㄊㄨㄥˋ。

# 祭歐陽文忠公文

王安石

夫事有人力之可致，猶不可期，況乎天理之溟漠❶，又安可得而推？惟公生有聞❷於當時，死有傳於後世。苟能如此足矣，而亦又何悲？

如公器質❸之深厚，智識❹之高遠，而輔學術之精微❺，故充於文章，見於議論，豪健俊偉，怪巧瑰琦❻。其積於中者，浩如江河之停蓄❼；其發於外者，爛如日星之光輝。其清音幽韻，淒如飄風急雨之驟至；其雄辭閎辯❽，快如輕車駿馬之奔馳。世之學者無問乎識與不識，而讀其文則其人可知。

嗚呼！自公仕宦❾四十年，上下往復❿，感世路之崎嶇⓫；雖屯邅⓬困躓⓭，竄斥⓮流離⓯，而終不可掩者，以其公議之是非，既壓復起，遂顯於世。果敢之氣，剛正之節，至晚而不衰。

方仁宗皇帝臨朝⑯之末年，顧念後事⑰，謂如公者可寄以社稷⑱之安危。及夫發謀決策，從容指顧⑲，立定大計，謂千載而一時。功成名就，不居而去，其出處進退⑳，又庶乎英魄靈氣㉑，不隨異物㉒腐敗，而長在乎箕山㉓之側與潁水㉔之湄。然天下之無賢不肖，且猶為涕泣而歔欷㉕，而況朝士大夫，平昔遊從，又予心之所嚮慕而瞻依㉖？

嗚呼！盛衰興廢之理自古如此，而臨風想望不能忘情㉗者，念公之不可復見，而其誰與歸㉘？

## 【註釋】

❶ **溟漠** 渺茫，幽暗不明。
❷ **聞** 聲望，音ㄨㄣˋ。
❸ **器質** 器量、才質。
❹ **智識** 智慧見識。
❺ **精微** 精粹深微。
❻ **瑰琦** 美好奇特。

❼ **停蓄** 涵養之深。
❽ **閎辯** 內容博大的議論。
❾ **仕宦** 做官。
❿ **上下往復** 上下，指官位之升降。往復，指任職中央或外放當地方官。
⓫ **崎嶇** 山路不平。比喻世路之艱難。音ㄑㄧˊ ㄑㄩ。
⓬ **屯邅** 處境艱困。音ㄓㄨㄣ ㄓㄢ。
⓭ **困躓** 受挫折失敗。躓，跌倒，音ㄓˋ。
⓮ **竄斥** 貶官、放逐。
⓯ **流離** 離散。
⓰ **臨朝** 國君親臨朝廷處理政事。
⓱ **後事** 死後之事。指宋仁宗立皇太子繼承皇位之事。
⓲ **社稷** 國家之代稱。社是土神，稷是穀神。古代帝王、諸侯必立社稷之神，社稷隨國家而存亡，故以社稷為國家之代稱。
⓳ **指顧** 手指目視，比喻行動迅速。
⓴ **出處進退** 做官和隱退。
㉑ **英魄靈氣** 稱美死者的靈魂和精神。
㉒ **異物** 指屍體。

㉓ **箕山** 在今河南省登封縣東南。

㉔ **潁水** 源出河南省登封縣的潁谷。歐陽修晚年退隱潁州，葬於新鄭縣，其墓近於箕山、潁水。相傳堯帝時的隱士許由就住在潁水之南的箕山下，後人因稱箕山、潁水為隱士所住的地方。

㉕ **欷歔** 哀嘆悲泣，音ㄒㄧ ㄒㄩ。

㉖ **瞻依** 尊敬歸依。

㉗ **忘情** 對於喜怒哀樂的感情淡忘，無動於衷。

㉘ **其誰與歸** 猶「其歸誰歟？」歸，歸向、歸依，有敬仰、尊崇的意思。與同歟，語末助詞，意同白話「呢」。

# 祭妹文❶

袁　枚

乾隆丁亥冬，葬三妹素文於上元之羊山。而奠以文曰：

嗚呼！汝生於浙而葬於斯，離吾鄉七百里矣。當時雖觭夢❷幻想，寧知此為歸骨所耶？汝以一念之貞，遇人仳離❸，致孤危託落❹。雖命之所存，天實為之，然而累汝至此者，未嘗非予之過也。

予幼從先生受經，汝差肩而坐❺，愛聽古人節義事。一旦長成，遽躬蹈之。嗚呼！使汝不識詩書，或未必艱貞❻若是。余捉蟋蟀，汝奮臂出其間，歲寒蟲僵，同臨其穴。今予殮❼汝葬汝，而當日之情形憬然❽赴目。予九歲憩書齋，汝梳雙髻披單縑❾來，溫〈緇衣〉❿一章。適先生奓戶⓫入，聞兩童子音琅琅然⓬，不覺莞爾⓭，連呼則則⓮，此七月望日⓯事也，汝在九原⓰當分明記之。予弱冠⓱粵行，汝掎⓲裳悲慟。逾三年，予披宮錦⓳還家，汝從東廂扶案出，一家瞠視⑳而笑，不記語從何起。大概說長安登科㉑，函使報信遲早云爾。凡此瑣瑣雖為陳跡，然我一日未死則一日不能忘。舊事填膺㉒，思之淒梗㉓，如影歷歷㉔，逼取便逝。悔當時不將嫛婗㉕情狀羅縷㉖紀存；然而汝已不在人間，則雖年光倒流，兒時可再，而亦無與為證印者矣。

汝之義絕㉗高氏而歸也，堂上阿嬭㉘仗汝扶持；家中文墨眣㉙汝辦治。嘗謂女流中最少明經義諳雅故者。汝嫂非不婉嫕㉚，而於此微缺然。故自汝歸後，雖為汝悲，實為予喜。予又長汝四歲，或人間長者先亡，可將身後託汝；而不謂汝之先予以去也。前年予病，汝終宵刺探，減一分則喜，增一分則憂。後雖小差㉛，猶尚殗殜㉜，無所娛遣。汝來床前，為說稗官野史㉝可喜可愕㉞之事，聊資一懽。嗚呼！今而後吾將再病，教從何處呼汝耶！

汝之疾也，予信醫言無害，遠弔揚州。汝又慮戚吾心，阻人走報。及至綿惙㉟已極，阿嬭問望兄歸否，強應曰：「諾」。予先一日夢汝來訣，心知不祥，飛舟渡江，果予以未時㊱還家，而汝以辰時㊲氣絕，四支猶溫，一目未瞑，蓋猶忍死待予也。嗚呼！痛哉！早知訣汝，則予豈肯遠遊？即遊，亦尚有幾許心中言要汝知聞，共汝籌畫也。而今已矣！除吾死外，當無見期。吾又不知何日死可以見汝；而死後之有知無知與得見不得見，又卒難明也。然則抱此無涯之憾，天乎人乎！而竟已乎！

汝之詩吾已付梓㊳；汝之女吾已代嫁；汝之生平吾已作傳；惟汝之窀穸㊴尚未謀耳。先塋在杭，江廣河深，勢難歸葬，故請母命而寧㊵汝於斯，便祭掃也。其旁葬汝女阿印，其下兩冢，一為阿爺侍者朱氏，一為阿兄侍者陶氏。羊山曠渺㊶，南望原隰㊷，西望棲霞，風雨晨昏，羈魂㊸有伴，當不孤寂。所憐者，吾自戊寅年㊹讀汝哭姪詩後，至今無男，兩女牙牙㊺生汝死後，纔周睟㊻耳。予雖親在未敢言老；而齒危髮禿，暗裏自知，知在人間尚復幾日？阿品㊼遠官河南，亦無子女，九族㊽無可繼者。汝死我葬，吾死誰埋！汝倘有靈可能告我？

嗚呼！生前既不可想，身後又不可知，哭汝不聞汝言，奠汝又不見汝食。紙灰飛揚，朔風㊾野大，阿兄歸矣，猶屢屢回頭望汝也。嗚呼哀哉！嗚呼哀哉！

## 【註釋】

❶ **祭妹文** 祭文乃祭祀時所讀之文詞，有散文，有韻語。其目的在於表達哀思、安慰死者。袁枚之妹，名機，字素文，別號青琳居士。後嫁與指腹為婚之高氏，高氏無賴，百般凌辱，素文忍辱含詬，四十歲即去世。清乾隆三十二年，袁枚葬之於上元之羊山，此文即當時之祭文。

❷ **觭夢** 怪異之夢也。觭，假借為奇，音ㄐㄧ。

❸ **仳離** 婦女被丈夫遺棄。仳，音ㄆㄧˇ。

❹ **託落** 落魄失意。

❺ **差肩而坐** 依次並肩而坐。差，音ㄘ，分別等次。

❻ **艱貞** 遇艱苦而能堅守貞節。

❼ **殮** 為死人穿衣入棺。音ㄌㄧㄢˋ。

❽ **憬然** 醒悟貌。憬，音ㄐㄧㄥˇ。

❾ **單縑** 細絹製作之單衣。縑，音ㄐㄧㄢ。

❿ **緇衣** 《詩經・鄭風》篇名。

⓫ **奓戶** 開門。奓，開也，音ㄓㄚ。

⓬ **琅琅然** 讀書聲清脆響亮貌。琅，音ㄌㄤˊ。

⓭ **莞爾** 微笑也。

⓮ **則則** 同嘖嘖，讚嘆聲。

⓯ **望日** 農曆每月十五日。

⓰ **九原** 即九泉。九原本為春秋時晉國卿大夫墓地，引伸為人死後埋葬之處。

⓱ **弱冠** 男子成年。古代男子二十歲行冠禮，表示成年。

⓲ **掎** 牽拖也。音ㄐㄧˇ。

⓳ **披宮錦** 唐進士及第披宮錦，表示榮耀，後遂稱中進士為披宮錦。

⓴ **瞠視** 瞪著眼睛看。瞠，音ㄔㄥ。

㉑ **長安登科** 在北京考取進士。此地長安乃國都之代稱。清朝國都在北京。

㉒ **填膺** 充滿胸懷。

㉓ **淒梗** 淒涼悲傷，心中如有物堵塞。

㉔ **歷歷** 明晰貌。

㉕ **婗婗** 年幼。音ㄧ ㄋㄧˊ。

㉖ **羅縷** 詳細排列。
㉗ **義絕** 合理斷絕情誼。
㉘ **阿嬭** 指作者母親章氏。嬭音ㄋㄞˇ。
㉙ **眹** 以目示意。音ㄗㄨㄣˇ。
㉚ **婉嫕** 柔順也。嫕音ㄧˋ。
㉛ **小差** 病稍好。差同瘥，音ㄔㄞˋ，病除也。
㉜ **殗殜** 病情尚未痊癒，音ㄧㄝˋ ㄧㄝˋ。
㉝ **稗官野史** 小說及非正式之史書。
㉞ **愕** 驚懼也，音ㄜˋ。
㉟ **綿惙** 病情沈重，氣息微弱。惙音ㄔㄨㄛˋ。
㊱ **未時** 下午一至三點。
㊲ **辰時** 上午七至九點。
㊳ **付梓** 刻板付印。袁枚將素文詩文附刻於《小倉山房詩文集》中。
㊴ **窀穸** 墓穴。音ㄓㄨㄣ ㄒㄧˋ。
㊵ **寧** 安葬也。
㊶ **曠渺** 空曠遼闊。
㊷ **原隰** 原野低窪之地。隰音ㄒㄧˊ。

㊸ **羈魂** 寄居他鄉之鬼魂。

㊹ **戊寅年** 乾隆二十三年（西元一七五八年），此年袁枚喪子，袁機有哭侄詩。

㊺ **牙牙** 幼兒學語聲音。形容幼小。

㊻ **周晬** 周歲。晬音ㄗㄨㄟˋ。

㊼ **阿品** 袁枚堂弟，名樹，字東薌，時任河南正陽縣令。

㊽ **九族** 本身以上之父、祖、曾祖、高祖，本身以下之子、孫、曾孫、玄孫，與本身合稱九族。

㊾ **朔風** 北風。

國家圖書館出版品預行編目資料

歷代文選分類選註

黃登山、黃炳秀編註. – 初版. – 臺北市：臺灣學生，2013.03
面；公分

ISBN 978-957-15-1585-4 (平裝)

830　　　　102003148

歷代文選分類選註

編註者：黃登山、黃炳秀
出版者：臺灣學生書局有限公司
發行人：楊雲龍
發行所：臺灣學生書局有限公司
臺北市和平東路一段七十五巷十一號
郵政劃撥戶：〇〇〇二四六六八號
電話：（〇二）二三九二八一八五
傳眞：（〇二）二三九二八一〇五
E-mail：student.book@msa.hinet.net
http://www.studentbook.com.tw

本書局登記證字號：行政院新聞局局版北市業字第玖捌壹號

印刷所：長欣印刷企業社
新北市中和區永和路三六三巷四二號
電話：（〇二）二二二六八八五三

定價：新臺幣三六〇元

二〇一三年三月初版



83006
ISBN 978-957-15-1585-4 (平裝)